吾生有杏3

天涯何處覓吾醫？

陳家亮 著

序一

帶平安到苦難　把希望給無常

細看家亮院長從二〇一四年開始筆耕至今的文章，不難發現他的寫作範疇愈趨廣闊、筆觸愈見細膩、思緒和感悟更深刻感人。其間，他對醫學研究的專注、對醫術精益求精的精神，以及對病人照顧和關懷的仁愛之心，讓人敬佩。

數十年在醫院裏照顧病人，經常面對人生的無常，本已不容易。過去數年，嚴峻的疫情令很多事情變得更困難、更不好處理。不過，即使面對難以超越的無常人生、難以突破的死亡桎梏，家亮院長仍堅定地以溫柔的態度、堅毅的信念和高度專業的精神，以病人的福祉為前提，提供最適切的治療建議，並且耐心作出講解及安慰病人和家屬。

對肉體的診斷治療固然要對症下藥，病人心裏的各種焦慮與困惑，則

「心病還須心藥醫」。細緻的關懷與耐心的解釋往往讓人心裏感到難得的平靜和安穩。這種有如在沙漠裏找到甘泉，在困難中找到希望的感受，相信很多曾經歷病患或貼身照顧患病親人的朋友都有同感。

家亮院長在發揮專業知識服務市民的同時，更透過溫文爾雅的文風、簡潔精煉的文字，將箇中的經驗、體會和智慧傳遞給學生，並與社會分享，他樹立的是治學、行醫和做人的榜樣。

這是一種價值觀的傳遞，以思想影響思想，以生命影響生命，讓人間更有情、社會更有愛，在細閱這本新書之際，這份感受更覺強烈。

他，沒有贏在起跑線，卻憑個人的奮鬥、毅力與使命感，成就了自己的人生，照亮了學生和病人。

從每天的感悟體會，到每個星期的週記，再到整合成書，滙聚的是有血有淚有溫度的故事和生活、醫者的仁心和智慧、老師對學生的教導和愛護。

在人生無常的跌宕中，我們也許難以改變客觀的命定和限制，但醫者有心、人間有愛，家亮院長在這書中踐行了他的心願：「行醫者但願一生坦蕩蕩，帶平安到苦難處，把希望給無常」。

陳茂波

財政司司長

二〇二三年六月

序二

認識陳家亮教授Francis多年，愈發現他更多出眾的地方。從牛頭角成長，一直自強不息；以優異成績在中文大學醫學院畢業，更在二〇一三年成為中大醫學院院長。記憶中他是首位從中大畢業的醫學院院長。

中大醫學院成立四十年，他擔任院長已長達十年，對醫學院影響不會不深遠。學院多年的出色表現，有目共睹。今天中大醫學院有一支極強的團隊，培養了不少優秀醫科畢業生。Francis亦深受學生愛戴，我聽聞他更有「男神」的綽號！

但更令我印象深刻的是他的專業精神及對教學的執着。另一方面，他帶領中大團隊深入鑽研他熟悉的腸胃科，甚至將醫學和科研結合，再把成果透過商業化，惠及市民。這策略眼光及實行能力，不是一般人都具備的，他對本港社會也貢獻良多。他在國外許多地方都備受尊崇，周遊講學，亦獲得不少崇高榮譽。

除此之外，他還努力筆耕，常在專欄發表文章。他已經出版了兩本著作，這本是第三本了。

這本書實在是他用「心」之作。當然，這次我預期他會多講一些關於新冠病毒之疫和他科研及創業之路；特別是腸道健康的研究。後者真是有廣知識；誠然，今天若真有「黃龍湯」，也肯定不會暢銷。

但我發現裏面多篇文章不是他當院長或公職的經歷，而是他作為一個醫生，見病人時的互動。他自己也承認，當醫生直接照顧病人；是他最樂意做的事之一。這幾篇也反映了他要求學生做到「醫者父母心」，帶有同理心的模範。除了一些細膩的感情表達——由病人的感嘆到病人給他送「肉餅飯」——之外，有很多是醫生們「慣見生死」的故事。我們一般人讀來可能最初感覺有點灰，但細想一下，生命本是如此。

我自己也得過肺癌，幾年後再經歷過多次大手術，包括腫瘤。我明白生命必有終結，亦明白生命中能遇上的人、事、物之可貴。我感覺Francis這本書是提醒了我們反思。

生命到了最後一段時，我們想的肯定不是再多賺幾百萬，喝個甚麼名酒，或拿個甚麼名銜，而是珍惜基本人性美好的一面、家人與朋友的愛心和善意，應如書裏面一篇文章之命題〈留人間多少愛〉。我每次被推入手術室時都自然地會這樣想。

也正如書內另一篇文章之題目〈人生如朝露〉，何必為爭名逐利，耗其一生？更可憐者是不知自己所為，不能自拔。

所以，看Francis這本書是感受良多的。我贊同他原本說的「學醫，其實是學做人」。但其實，在哪行業不都是要學做人？

期待Francis繼續努力寫作，把更多的深思和我們分享。

陳南祿

二〇二三年五月三十日

序三

行醫是畢生修行　文字是性格鏡子

陳家亮教授Francis的文字總是有如春天和煦的陽光，令人溫暖。從字裏行間，你會感受到他對工作的熱情，對病人的關懷，對同事的肯定，對醫科生的期許。置身在繁忙的醫學院與醫院，每個人都行色匆匆，幸得Francis用細膩的文字把日常點滴記錄下來，還原一個個感人故事，也讓讀者更了解醫護人員的工作。

Francis是世界頂尖的腸胃肝臟科專科醫生。站在醫學的前沿科學家嚴謹治學的態度，讓我們閱讀時總有一種茅塞頓開的喜悅，無論是腸道微生態的描述，或是腸道微生物菌群的介紹，都是讓人眼界大開。與此同時，Francis總是保持一顆醫者的仁心，病人的一盒鹹蛋蒸肉餅，學生的一幀合照或是一首老歌、一齣舊戲，總是洋溢對病人、學生和人民的愛和溫暖的心。

醫患關係建基於溝通與互信，Francis提出「三分鐘定論」，認為如能在初見面的頭三分鐘建立良好印象，日後溝通將事半功倍。他又建議醫護人員先關顧病人心情，「當不能夠『藥到病除』，也盡量嘗試『心藥還須心藥醫』。」溝通誠非易事，Francis這位院長醫生以看症為喜，以自身經歷分享溝通之道，待病人如親，實為醫者的模範。

他筆下有拒絕進行身體檢查，最後患癌離世的病人；有丈夫嚷着搬到老人院照顧中風妻子的鶼鰈情深老夫婦；壓力沉重的照顧者；也有擔心癌症復發的康復人士。即使是在路上偶遇的病人，Francis也願意耐心聆聽，並給予適當的建議。每個人的遭遇，都令人有反思的地方。他的分享還包括中文大學醫學院的研究成果、新冠疫情下的香港，可說是留下時代的印記。

Francis是我中學母校聖芳濟書院的師弟，他將學校提倡的「三自精神」：自動自覺、自我控制、自重重人，一一實踐出來。就如Francis在書中所言：行醫有如畢生修行，見自己，要毋忘初心；見天地，用謙卑學習；見眾生，以無私傳承。

范鴻齡
醫管局主席
二〇二三年六月

序四

繼《吾生有杏——院長醫生週記》及《吾生有杏2——點滴在心頭》後，很高興及很意外再收到陳家亮教授的新作。

高興的是，我很喜歡真人真事、富情有理、令人反思的書籍，陳教授的作品，正正有齊這些特點，看畢此書後，感覺收穫滿滿，的確高興。

意外的是，陳教授工作相當繁忙，平日忙於臨床診症，還肩負科研、教學與行政等重任，他仍能抽空記下生命動人的故事，分享行醫初心、教研軼事、人生觀點等等，不只身體力行，還用文字做到「生命影響生命」，實在是非常難得。

與陳家亮教授相識十數載，感謝他一直致力培育新一代「仁醫」，以身教令學生們「學醫也學做人」，讓他們明白學好醫學知識和技術的同時，學習聆聽與溝通同樣重要，還必須體恤病人及家屬的感受，不要讓科技及先進治療，取代關懷和愛心，這點不只醫科學生，我認為應該是所有醫護人員也須時刻緊記的！

還記得陳教授二十多年前已向政府建議推行大腸癌篩查，當我出任食物及衞生局局長時，細閱過有關詳情，對計劃非常認同，最終拍板落實推行，實感謝陳教授團隊的堅持，令不少病人受惠，期望終有一天能做到書中所講「把腸癌變成歷史，令這可避免的惡疾從人間消失」。

《吾生有杏3——天涯何處覓吾醫？》內容豐富寫實，當中闡述了作為「醫學生」和「行醫者」應有的態度和精神、科研發展與實踐的重要、疫情下的點滴及領會，每篇文字都充滿力量及正向思維，確實是一本值得擁有及細閱的著作。

最後，我藉此衷心感謝默默付出的每一位醫護及科研人員，但願更多如陳教授一樣的有志之士，加入醫護行列，讓我們攜手守護大家的健康。

高永文醫生，GBS, BBS, JP

全國政協常務委員

行政會議非官守議員

二〇二三年六月

自序
見自己、見天地、見眾生

《院長醫生週記》來到第三本結集，在整理文稿時，重讀這十年寫過的文字，有些寫得痛快淋漓，不枉曾經年少輕狂。可是年紀大了，碰釘子多了，也有些文章寫得欲語還休，要讓讀者自己領悟。

轉眼間行醫已超過三十年，雖然白頭髮多了，但我堅持要做個「不一樣的醫生」的情懷始終未變。小時候，我眼中的醫生都是高高在上，很有個人性格，不屑與黎民百姓多説一句話。如今企業文化主導下，醫生卻像大機器裏的小螺絲，面目變得模糊不清，滿口都是程序及指引。社會需要有質素的醫療體制，亦需要人性化的醫生。行醫者必須撫心自問，要毋忘初心。

亦因為行醫多年，我發現醫學知識與科技一日千里，以往一些金科玉律，如今已過時被淘汰，正是「今天的我，打倒昨天的我」，所以我不甘心盲目跟從所謂「專家」的指引。透過醫學科研，我要找出更先進、更精準的方法去診斷和治療。從事研究，我體會天地間的奧妙，自己何等渺少，要以謙卑的心去終身學習。

其實醫生最大的敵人就是自己，因為我們也會感到軟弱、無助、焦慮、恐懼、憤怒，甚至會犯錯。既然天下間沒有「完美」的醫生，行醫者又如何面對眾生苦難？我深信要把自己走過的崎嶇道路、流過的汗水與淚水，以無私的心傳承，栽培青出於藍的下一代醫者繼續為眾生解除苦難。

這本書有我三十多年來的心路歷程，有學醫、行醫、教學、做研究和自身感受的分享。在未來日子，我會繼續與病人同行，不單與病人分享成功醫治的喜悅，也與病人共同面對失敗的苦果。

陳家亮教授
中文大學醫學院院長
二〇二三年六月

目錄

初心

不懈

印記

初心

學醫、行醫

百年樹人

上星期五是醫科生的大日子：畢業試成績終於公佈了，今年香港中文大學醫學院將有二百多個準醫生投入社會服務。

放榜前夕，一班年輕人懷着患得患失的心情等待結果。過往幾年，他們日間跑到港九新界不同的醫院實習，晚上返回房間挑燈夜讀，艱辛的日子不足為外人道。自去年爆發新冠肺炎，醫管局加強防疫措施，大大增加了他們臨牀學習的難度。歐美不少國家的醫學院索性取消上課及畢業試，要求醫科生早日披甲上陣，應付瀕臨崩潰的醫療系統。相反地，我們香港的醫學教育卻堅持質素，儘管重重困難也要為學生提供足夠的教材及學習機會。在質素不能妥協的大前提下，只有那些合乎嚴格要求的醫科生才能通過畢業試，進入人生另一階段。我深信這種嚴謹的態度是保持香港醫療水平在國際間首屈一指的重要因素。

放榜一刻終於來臨，不少同學喜極而泣，多年來的汗水及淚水終於受到認同。當日黃昏，每個畢業班的同學穿上了為他們訂做的醫生袍，每件白袍都繡上他們獨一無二的名字。這班年輕人臉上燦爛的笑容，不禁令我回想六年前他們剛入學的情景。畢業當晚，我有幸向這班畢業生致告別詞，為他們在醫學院作最後的勉勵：

「各位小師弟小師妹，還記得六年前你們初入學，我見證各人宣誓，要他朝一日成為好醫生，並與大家於大學校園拍照留念。時光飛逝，今天我見證你們學業有成。要完成醫學課程並非易事，皆因你們學醫的熱誠及不畏艱辛的態度，才有今天的成功。身為你們的院長，我深感自豪。你們將會進入人生另一階段，首先是有如『on call 36 小時』般的一年見習醫生生涯，然後是一個長達六年的專科訓練。大家很快便會發覺，過往六年的

『艱苦』醫科生涯其實是你們從醫之路的『蜜月期』！但我深信玉不琢不成器，未來更艱難的日子只會令你們變得更強、更出色。但請你們記着，無論你們他朝如何出類拔萃、怎樣青出於藍，請你們要懂得飲水思源，繼續以謙卑的心去終身學習，以憐憫的心去對待困苦無助的病人，因為這就是我們中大醫學院的核心價值。適逢中大醫學院今年慶祝四十週年，我很榮幸告訴大家，短短四十年間我們已從一所寂寂無聞的本地學校躋身成為全球前四十名的頂尖學府，已超越多間歐、美及澳洲大學。但我們不會為了這個奇蹟而感到自滿，愈是艱難，愈是沒可能，我們愈要跳出自己的舒適圈去追求卓越。在此我衷心祝願各位能夠活得更豐盛、對社會作出無私奉獻。」

二〇二一年四月十九日

聽不到的說話

上星期我帶醫科生臨牀實習，一名五十多歲病人王先生的雙腳患上了神經線退化，膝蓋以下感到麻痹，檢查發現神經反射消失。他雙腳雖仍然有力，但由於失去了平衡力，不能夠站穩，更談不上走路。以往他是一名保安主任，可是短短兩個月便要坐輪椅，內心煩躁不安可想而知。

「王先生，醫生怎樣解釋你的情況？」我正在教導學生問症。「住了兩個多星期，醫生甚麼也沒說！」王先生語帶不甘心，說話間也別過臉，不多願意回答我的問題。

我感到有點詫異，因為我認識照顧王先生的團隊，他們一向十分專業。翻查紀錄後，發覺短短兩個星期內，王先生已接受了一系列的掃描及血液化驗，只可惜甚麼原因也找不到。事實上，有一部份患上這種病的人並沒有原因。愈是找不出原因，復元機會愈不肯定。

同事差不多每天都把最新的化驗報告通知王先生，那為甚麼他卻否認醫生向他解釋過病況？於是我嘗試深入探索王先生的問題所在，經再三了解，王先生無奈地說：「每天醫生的答案總是『報告正常』、『找不出甚麼』、『還需要再作化驗』等等，為甚麼住了這麼多日子，做了這麼多檢查也找不出原因？」我明白這些令人沮喪的答案似是把王先生推進死胡同，看不見出路。

溝通本是一門很深奧、需要終身學習的學問。專業訓練教導我們精準的科學，當我們根據指引為病人提供一系列檢測，卻又找不到合理的病因或有效的治療，醫生與病人便陷入一個困局，就是醫生覺得他們已盡了本份，而病人及家人卻得不到他們期待的結果，這些期望上的落差往往導致矛盾甚至衝突。病人及家屬覺得醫生沒有清楚交代、疏忽照顧。但經常有同僚向我訴苦：「我已跟足所有指引，提供所有合適的診斷和治療，為何那些病人及家屬埋怨我不盡責？」

正如所有病人一樣，王先生最希望是找到病原、對症下藥，然後藥到病除。可是現實往往不是如此簡單直接，被病痛折磨日子久了，自然會意志消沉，甚至感到絕望，絕對可以理解。身為醫生，除了向病人如實報告病況，也換個位置，設身處地從他們的情緒入手。當不能夠「藥到病除」，也盡量嘗試「心病還須心藥醫」。

「王先生，其實團隊一直很努力為你尋找病因，只可惜有些病到現在還是一個謎。很明白你失望的心情，往後的日子亦不好受，但是我們從來沒有放棄你，你自己也不要放棄……」

人生無常，病人說不出的傷痛，往往因着行醫者的關顧和體貼的說話而得到紓解。

二〇二〇年十一月二十三日

近在「痔」尺

「Francis，可以介紹一位資深的血液專家給我嗎？」一個相識多年的老朋友突然來電。「發生了甚麼事？你感覺有何不適？」我有點兒緊張，因為血液病可以很嚴重，例如血癌等病都是防不勝防。

「近半年我感到疲倦乏力，家庭醫生發現我血色素偏低，整份化驗報告還有很多『星星』（即不正常數字），建議我找個血液專家求診。」於是我叫他把報告WhatsApp給我。

一看之後，發覺他的血紅素（hemoglobin）、紅細胞平均容量（MCV）及紅細胞平均紅蛋白量（MCH）都很低，而血小板（platelet count）、白血球總數及分類計數（WCC & differential count）卻正常。於是我追問：「你可有以往的驗血報告嗎？」他忽然記得約一年半前因申請保險而驗血，花了半天才找到舊報告，比較兩份報告，原來他的血紅素下降了一半！只是他想不起有這份舊報告，沒有交給家庭醫生。

「你不是有甚麼血液病，其實你患上貧血，很可能是缺乏鐵質所引致（iron deficiency anemia）。常見原因包括營養不良、切除胃部後的吸收毛病及腸胃出血。」我想了一想，說：「你自小已是一個肥仔，不可能營養不良；既然沒有做過割胃手術，吸收鐵質應該沒有問題。你的大便正常嗎？」

我的老友回答道：「近年來我大便後清潔經常發現有鮮血，三個月前我已經做了胃鏡及大腸鏡檢查，但醫生告訴我沒有甚麼問題。」我感到很驚奇，問：「大便經常有鮮血但檢查正常？不大可能吧！」再三追問，我老友才說：「好像是有些痔瘡，但那個醫生沒有詳細交代，只是說他的工作是內窺鏡檢查，處理痔瘡不是他的範圍。」

我覺得這個老友的問題應該是痔瘡出血，上星期我為他再次檢查肛門，並確認他有明顯的痔瘡出血。於是我利用了簡單的工具結紮了他的痔瘡，之後大便似乎再沒有出血了。為了安全，我要求他一個月後重驗血紅素。

面對「奇難雜症」，有時解決問題的關鍵未必在於頂尖科技或世界級專家。多觀察、多問症、多翻紀錄，答案往往就在咫尺。

二〇二〇年十一月三十日

為甚麼？

「一年前才照過大腸，醫生還說一切正常。為甚麼我會突然患上大腸癌？」

王先生還打算與太太明年待疫情過後到日本旅行，現卻變得心灰意冷，但又心有不甘，希望我可以拆解他的疑團。

王先生的個案並不常見，國際指引建議五十歲以上人士應該每五年接受大腸內窺鏡檢查。根據中文大學醫學院的研究，定期接受大腸癌篩查可以減少大腸癌的發病及死亡率。那麼王先生究竟出了甚麼問題呢？

「王先生，可以把以往照大腸的報告交給我嗎？」他於二〇一四年首次照大腸，發現腸內有像手掌般大小的扁平瘜肉（laterally spreading tumor），或稱「側向發育型腫瘤」。這類瘜肉是扁平的，很容易「走漏眼」；加上它的獨特形態，一般內窺鏡技術不能夠把它完整地切除。幸好當年一位任職於威爾斯親王醫院的資深醫生發現王先生腸內這大塊瘜肉，並成功運用先進的內鏡技術把它割清，化驗報告確定沒有癌細胞，亦沒有殘留瘜肉，所以不用開刀切除大腸。

根據紀錄，當年這位醫生建議王先生三年內需要覆檢大腸，以防其他位置長出類似的瘜肉。王先生問：「相隔這麼多年，我也不太記得了！但為甚麼要這麼頻密照大腸？剛剛去年我於私家醫療中心覆照大腸還是一切正常，為甚麼短短一年便變了腸癌？」話語間充滿不甘心。

「王先生，我了解你現在的心情。對於高風險人士，例如曾經患大腸癌、長了很多或很大的瘜肉，我們都會建議比較頻密地檢查。至於短短一年便出現癌症，的確不尋常。根據你於二〇一九年的報告，那位私家醫生指出你當時洗腸效果並不理想。這情況有可能令內窺鏡視野受阻礙，減低檢查的準確度，況且你以往的扁平瘜肉並不容易察覺，我也遇過一些『走漏眼』的個案，所以醫生一般會建議改日重複大腸檢查。」王先生搖了搖頭，說：「當時醫生沒有說得那麼清楚，我也沒有特別放在心上，早知如此，我就……」

看着王先生沮喪的樣子，我便說：「患上腸癌固然是個壞消息，但你的情況應該還是第二期，我相信徹底根治的機會還是很高的。我們不如向前看，積極地面對問題吧！」

世事難料，縱使小心翼翼也未必能確保身體健康。當遇上了不幸的疾病，往往令人感到失望和沮喪。「為甚麼？為甚麼偏偏選中了我？」與其回望過去不能改變事實，不斷地埋怨和懊悔，不如將時間和心力面對眼前的難關，再爛的攤子也可收拾重新開始。

二〇二〇年十二月七日

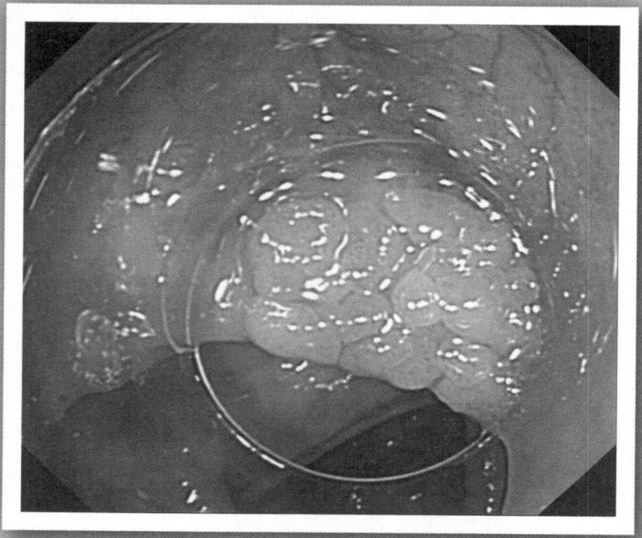

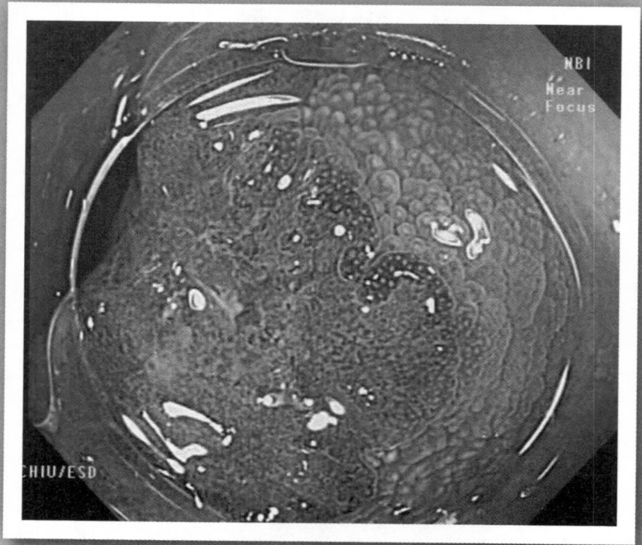
NBI
Near
Focus
CHIU/ESD

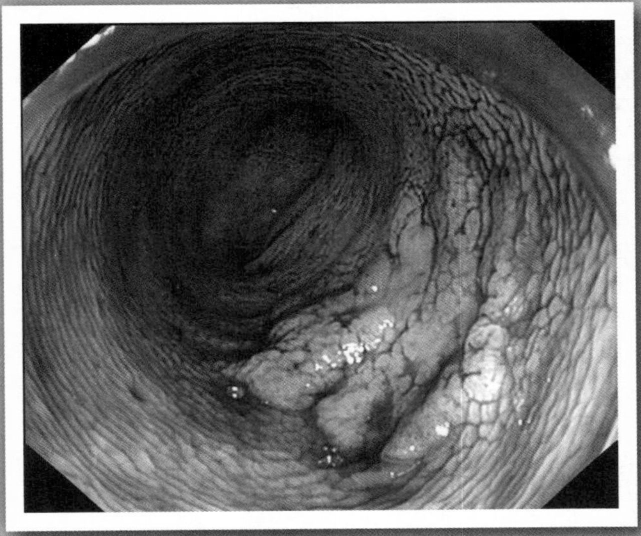

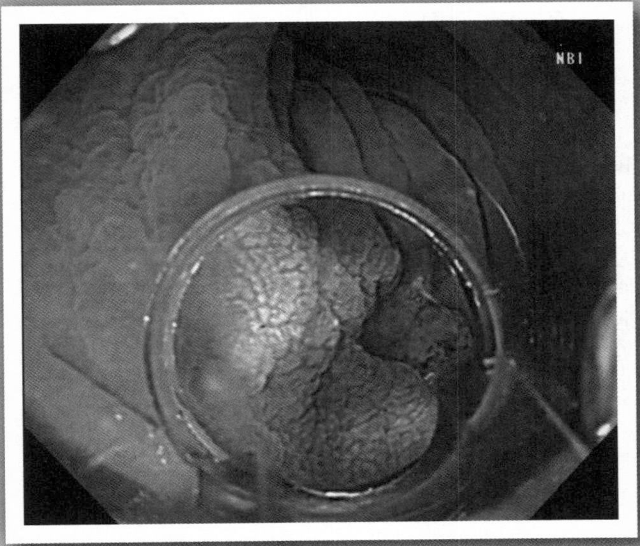

(扁平瘜肉相片由李玉棠醫生提供)

年紀大，不醫也罷！

今天下午，八十多歲的何伯與他三個子女第一次到我的診所求醫。何伯不幸患上大腸癌，發現時已擴散至肝臟及肺部，情況嚴重可想而知。何伯打算放棄，但子女卻憂心如焚，明知機會渺茫，也希望爭取到底。

「已經活到八十多歲了，豐衣足食，兒孫滿堂，老天對我不薄。陳教授，我不要開刀或化療那麼辛苦，也不要成為別人的負累，只要舒舒服服走了便算！」何伯雖是一把年紀，但素來健康，還經常四出遊玩。很多長者都有類似的想法，以為沒有不適便等同沒有問題，因此何伯從沒有參加癌症篩查計劃。直至三個月前他發覺大便有血，其後出現便秘及腹脹才求醫，可惜腸癌已經到達晚期。

何伯的子女卻要求盡全力醫治。過去一個星期，他們已經走訪幾個外科、腫瘤專科及放射治療科醫生，可是一家人不能達成共識。他的大兒子說：「陳教授，我早年已經催促老爸要定期做全身檢查，可惜他總是不聽勸告。早知今日，我當初就應該強迫他……如今我們不能輕易說放棄。」言語間充滿自責及無奈。

我明白這一家人的心情，既是關心至親，卻又各執己見。於是我說：「何伯，坦白說，你的大腸癌已是晚期，醫生的確不能夠把你的癌病根治。但如果你選擇放棄治療的話，我擔心你餘下的日子將會更辛苦。」何伯嘆道：「這麼大年紀，還怕甚麼？」我了解他的想法，便回答：「何伯，生死有命，最重要的是不要受苦，對嗎？陳教授給你的醫療方案是減少不必要的痛苦，又可延長有質素的壽命，希望你能相信我。」何伯半信半疑，點了點頭。我接着說：「切除大腸腫瘤是必須的，因為如果不切除，它很快便會導致腸道閉塞。現今微創手術先進，既不需要劏開肚皮，也不用做個假肛門排糞便。手術後大約一個星期便會復元，並且可以正常飲食。」何伯追問：「真的不要開刀？」我說：「不用開肚，只是開幾個小孔便可以。」

何伯再說：「就算我做手術，也不要化療，因為實在太辛苦了吧！」於是我嘗試解釋說：「以往的化療的確很辛苦，不單會引致脱髮、嘔吐、消瘦，而且成效低。幸好醫學進步，現今腸癌化療藥物的副作用相對低，很多年紀很大的病人服用這些藥物也不覺得辛苦。而且新一代化療有效令擴散的腫瘤萎縮，壽命亦明顯延長，因此我鼓勵你認真考慮接受化療。」

「陳教授，如果我接受治療的話，還可以活多久？」何伯終於鼓起勇氣問了最切身的問題。「甚麼也不做的話，恐怕只有幾個月，而我更擔心腸道閉塞及其他併發症會令你及家人苦不堪言。而接受治療應該可以延長至兩年，而這段時間醫生會盡力令你過着正常及不受苦的日子。」

「何伯，我最關心的不止是你可以活多久，而是如何令你在餘下的日子過得自在及有尊嚴，相信這也是你的子女最希望能夠為你做的。」何伯沒有回應，房間一片靜寂，只聽到子女忍着飲泣的聲音。

他們離開診症室的時候也沒有作出決定，臨別時，我說：「何伯，你甚麼時候回來，我都會盡力幫你的。」

二〇二一年一月十八日

最後一程

早前的星期三，我首次到中文大學的私家教學醫院（中大醫院）診症。一名九十三歲老伯由他的太太及兒子陪伴求診，老伯身體十分虛弱，需要兒子推着輪椅進入診症室。

「陳教授，我上星期讀過你關於一名患上末期大腸癌老伯的故事，於是便帶我的老爸來求醫，希望你可以救救他。」兒子話語間帶着無奈。老婆婆接着說：「醫生，請你一定要盡力幫忙啊！」

老伯身材瘦削，目光呆滯。約三個多月前他開始感到腹部脹痛，大便愈來愈困難。起初家庭醫生以為他患上腸胃炎，但服用了藥物也沒有改善。其後於聖誕節期間做了電腦掃描，發現直腸有一個巨大的黑影，懷疑是直腸癌，於是入院接受進一步的檢查及治療。由於老伯年事已高，加上身體虛弱，所以醫生沒有為他照大腸或考慮動手術，只是給予紓緩治療。也有醫生建議把金屬支架放入大腸去暫時紓緩腸道閉塞，可是醫生覺得這步驟的風險很高，不敢估計成功率會有多大，於是家人拒絕這治療方案，老伯留院約兩個星期便出院了。回家後他的情況愈趨嚴重，已經多日沒有大便，老太太每天只能夠餵他一些飲料。

當我檢查老伯的身體，發現腹部脹大得很厲害，明顯是腫瘤導致腸道閉塞，隨時都會有併發症如穿腸的風險，情況十分緊急，必須即時入院，於是我向家人解釋老伯的狀況。

「陳教授，我們應該選擇入住私家或是公家醫院？」老伯的兒子感到十分徬徨無助。因為疫情關係，公院不容許家人探病，老婆婆說：「他不能照顧自己，我需要留在他身旁。」我明白他們的憂慮，可是病情的確緊急，便解釋說：「老伯的情況緊急，很容易出現併發症，及時處理他的危急狀況是首要考慮，所以應該立刻帶老伯到威院急症室，先把他的情況穩定下來。威院的團隊十分有經驗，我們會小心衡量老伯是否合適接受入侵性治療，抑或紓緩治療更切合他的需要。團隊會與你們保持聯絡，容後可以再商量探病的問題。」

他們離開以後，我還是有點不放心，第二天清早我的秘書聯絡老伯的家人，得悉他於昨天已經入住威院。其後我與有關團隊跟進，經深入分析，老伯的體質及直腸癌並不適宜入侵性治療，包括開刀及植入金屬支架。我的同事說：「陳教授，太遲了！任何介入治療只會增加老伯的痛苦，我們會與家人解釋，當下最重要的是要減少他的腹脹及痛楚。」

生命本有定數，禍福無常。行醫者往往不能夠起死回生，但總希望可以減輕病人及家屬不必要的痛苦，但願每個走到生命盡頭的人都不用帶着眼淚或承受痛楚離開。

二〇二一年二月一日

誰憐寸草心

「阿爸，你要叻啲，要食飯，快啲出院啊，知道嗎？」這番語帶飲泣的說話不斷地在我腦海浮沉。

今早我帶着一班醫科生臨牀學習，一如以往，病房總是擠得水洩不通，就連走廊及治療室都擺放着額外的病牀。那邊廂有病人不停地叫喊，這邊廂醫護卻被堆積如山的文件逼得喘不過氣。現代醫療着重風險管理，電腦上的文書工作似乎奪去了不少照顧病人的時間。

正當我在牀邊教導學生之際，又有一個老人家從急症室被送到我們對面的病牀。遠遠望向這個病人，他年紀老邁，瘦骨嶙峋，從輪椅上病牀的力氣也沒有。初步檢查發現他有認知障礙，影響進食及溝通能力。以往沒有疫情的日子，醫院容許家人探訪，其實家人對於照顧住院病人扮演着重要的角色，他們不單減輕醫護照顧病人的壓力，而且那些需要額外照顧的病人，例如患有認知障礙或神志混亂，家人往往都能夠更體貼地照顧他們。可惜受着疫情的威脅，醫院實施謝絕探訪的政策，家人只可以透過視像電話與病人溝通。

這個老伯進入病房不久，他的電話便響個不停。由於患有認知障礙，老伯似乎不太掌握如何使用視像電話。終於一個年輕的護士幫助老伯接收來電，原來是他的女兒站在病房外苦苦地守候。老伯的聽力差，所以視像電話的聲音調整至最大，連我們站在對面病牀都聽得十分清楚。

「阿爸，你一定要聽話，要食藥、食飯，知道嗎？」女兒不斷地叮囑，她的爸爸卻沒有多大反應。於是女兒便唱起一些懷舊老歌，「月兒彎彎照九州……」可能老伯很喜愛女兒的歌聲，漸漸露出笑容及點頭。「阿爸，你要叻啲，要食飯，快啲出院啊，知道嗎？」女兒說到這裏，聲音已變得沙啞，飲泣聲令人心酸，老伯卻是似懂非懂，目光呆滯。

當我離開病房時，一個打扮似是家庭主婦的中年女士站在外面守候，原來就是老伯的女兒。雖然那個老伯並不是我的病人，但望着這個無助的女兒，心有不忍，於是我便對她說：「病房的同事會好好地照顧老伯，不用擔心。」女兒連忙道謝：「醫生，拜託你！真的感激你們！」語畢，口罩上的雙眼又再次紅了起來。

行醫多年，遇過太多無助的家屬，再精湛的醫術也不能夠減輕他們的擔子。病人苦，照顧病者的家人更苦，願我們常以憐憫的心去體恤心力交瘁的病人家屬。

二〇二一年二月八日

「陳院長，雖然我年紀大，但我仍想活下去，請你幫幫忙好嗎？」王婆婆的說話言猶在耳。

王婆婆今年已是九十歲了，有老人家常見的疾病，包括高血壓、糖尿病、高膽固醇。不單如此，她還有睡眠窒息症及心房顫動；半年前更做了「通波仔」手術，需要長期服用多種藥物。雖然如此，她仍是精神奕奕，行動自如，還能夠照顧自己的起居飲食。

約兩星期前她接受了全身檢查，包括全身正電子及電腦斷層雙融掃描(PET CT Scan)。結果顯示食道有一處不正常的影像，懷疑是早期食道癌。王婆婆四出求醫，由於她年紀大及患上多種疾病，就連食道內窺鏡檢查也需要全身麻醉，因此醫生都覺得手術風險太高，認為她不值得冒險。

王婆婆自覺時日無多，絕望之餘，還是想找一線生機。「陳院長，雖然我年紀大，但我仍想活下去，請你幫幫忙好嗎？」

其實她的風險的確很高，全身麻醉也未必承受得起。但她比任何人都清楚自己的需要，每個病人都有選擇生存的權利。我是醫生，不是判官，不能定病人的生死，於是我對王婆婆說：「讓我跟麻醉科醫生商討你的健康狀況，是否真的可以承受麻醉藥。如果可以的話，我會首先檢查你的食道確認是否患有癌病，然後嘗試用內鏡手術把腫瘤切除。」

經細心分析後，麻醉科醫生認為可以用輕量麻醉藥物做內窺鏡。其實檢查前的預備工作一點也不容易，例如要不要暫停服用某些藥物？不暫停薄血藥會增加出血風險，但暫停藥物亦可能引發心血管栓塞。身為醫生，我總要面對許多不確定因素而作出抉擇，壓力不足為外人道。

終於到了檢查的那一天，整個團隊嚴陣以待。雖只是用了輕量麻醉藥，但是婆婆的心肺功能已經不能夠承受，過程真是險象環生，幸好麻醉科醫生經驗十足，力挽狂瀾。我小心翼翼地檢查她的食道，結果食道只有一個正在癒合的大傷口，可能食道曾經受硬物損傷再加上藥物所致。而掃描卻不容易分辨是發炎抑或是癌症，最終只是虛驚一場。不過這次內窺鏡檢查卻真的是驚濤駭浪，差點兒導致嚴重併發症。

「王婆婆，你吉人天相，內窺鏡檢查並沒有發現癌病！」王婆婆喜極而泣，說：「陳院長，你不是安慰我嗎？」我笑着回答：「沒騙你！你要健康百二歲！」

二〇二一年三月八日

誰掌管明天？

年將九十的張伯，今天首次到我的診所求醫，陪張伯到診的還有他的家人。原來張伯同時患上三種不同的癌病，分別是直腸癌、前列腺癌及罕見的纖維組織癌，已經有多名專科醫生評估張伯的狀況。他們認為三個腫瘤都有機會以開刀根治，可是所有醫生都擔心張伯年紀老邁，增加了手術的風險，所以沒有醫生願意建議張伯開刀與否，只是叫他自己決定。

面對如此兩難局面，最後張伯「選擇」紓緩治療，放棄開刀。可是家人感到徬徨無助，希望徵詢其他醫生的意見。

「那些醫生說全身麻醉可能導致中風，又可能心臟停頓……又說開刀可能會流血不止、傷口可能受感染……每當我追問醫生關於手術的風險有多高？成功機會有多大？應否選擇開刀？醫生的答案總是『這個很難說，我已經把所有可能發生的問題都告訴你們，醫生不能代你們選擇，你們自己決定吧』！」張伯的女兒繪影繪聲地覆述醫生的說話。她接着說：「我們沒有醫學知識，怎可能作甚麼決定？」

我首次見張伯，發覺他精神飽滿、步履平穩、腦筋清晰，一點也不像九十歲老翁。張伯一向身體健康，每天都到街市買餸，照顧自己的起居飲食。其實張伯是一名老兵，當年曾參加抗美援朝戰役，體魄可想而知。我問張伯為何選擇電療，他回答說：「我也不太清楚，只是年紀大了，醫生說開刀危險，又覺得自己對社會再也沒有甚麼貢獻，活到這個年紀也差不多吧！」他的說話平淡，似乎再沒有甚麼會令他感到畏懼。

我不肯定張伯這個選擇是否他想要的結果，於是嘗試了解他的病歷及家庭背景，發覺張伯的健康狀況比一般同年紀人士好得多。他來自一個「長壽家族」，父親活到近百歲，那個年代十分罕見。

沉思良久，我便對張伯及家人說：「雖然醫生不能夠代你作決定，但我建議你重新考慮動手術，因為開刀的確可以根治你三個癌病。其實你相當健康，我不會單以你的歲數判斷手術的風險。當然，這並不是小手術，亦可能需要分階段開刀。但我相信你的身體可以承受這一連串的手術，康復能力也比一般長者高。若然一切順利的話，健康快活地活到百歲也是合理期望。我也明白長者承受併發症的能力比年輕人低，容易出現骨牌效應，一旦出現嚴重併發症便容易致命或導致永久傷殘。醫生沒有水晶球，不能夠預知未來，但我有理由相信開刀帶給你的好處大過風險，況且電療只能暫時控制腫瘤，治療的副作用亦不好受。」

我接着解釋：「我的建議是基於經驗作出的判斷，亦加上我的個人價值觀，對生命意義的想法。但是每個人都有獨立思想，所以我只可以把我的建議給你們作為參考，希望張伯能夠選擇一條心安理得的路。在這條路上，醫生會竭力協助你及家人面對重重難關，盡力活好每一天。」

張伯及家人未有即時作出決定，希望這番交談能夠減輕他們的重擔，幫助張伯選擇他要走的路。

二〇二一年四月十二日

學醫，也是學做人

「陳院長，我們會做個好醫生！」剛剛看着一班醫科畢業生穿上白袍，興高采烈地迎接人生新一頁。下筆之際正是文憑試開考的大日子，又將有一批醫科新生進入醫學院，成為明日的醫生。

「甚麼人才適合學醫？」這是院長的必答題。多年來我見證了不同「類型」的醫生，有些視救急扶危為己任，終身任勞任怨卻依然敬業樂業。有些卻打從開始便入錯行，總是怨天尤人，或是只着眼個人利益。坦白說，我沒有水晶球，也不懂面相，不能夠預知哪個學生將來會成為好醫生。我覺得問題不是甚麼「性格」適合學醫，而是甚麼「心態」才適合走這條杏林路。我時常強調：「學醫，其實是學做人。」究竟如何可以從學醫去學做人？

【學謙卑】

每年的公開考試，只有成績最好的百分之零點五至百分之一的學生可以入讀醫科，能夠躋身醫學院的學生全都是「叻仔叻女」。學醫的第一課，就是不要因以往的勝利沖昏頭腦。在中學年代名列前茅，拿了多項獎項，並不代表入了醫學院便一帆風順。因為比自己更優秀的大有人在，要學習謙卑，清空自己，在還有師長教你，還有機會去犯錯的時候，虛心接受別人的教導和提點。因為當你成為醫生之後，你背負的是別人的生命，任何微小的失誤都可能引致無可彌補的後果，所以我們必須以謙卑的心去終身學習。

【學修養】

現實生活中，一定有很多限制及不完善的地方，學醫正是提升個人修養的最好時機。求學時期，我們往往要面對種種「不合理」的人和事，經常有學生問：「為甚麼要上這些沉悶的課堂？我將來要當外科醫生，為甚麼要學這些既複雜又無關重要的知識？為甚麼考試的題目是lecture notes沒有提及？為甚麼不准許我們到這個病房？為甚麼那個醫生的態度這般傲慢……」當我們面對不明白、不認同、不完善的事情，究竟是只顧埋怨、破口大罵，還是要學習如何從中提升自己？我們都希望可以改革制度，改變世界，但首先我們要學習進入這個世界，認識這個世界不完善的地方，才有機會去把它改變。學修養，就是要明白自己並不是這個世界的中心，要世界變得更美好，首先便要提升個人質素。

【磨煉意志】

眾所周知，讀醫艱苦，學習壓力大，要吸收很多知識，考試範圍更是無遠弗屆。雖是如此，其實這是對身心很重要的鍛煉，當醫生便要學習如何管理壓力，管理時間。畢業後便發現讀醫的「艱辛」日子其實是杏林路上的「蜜月期」。當中挑燈夜讀的日子，覺得非常辛苦又見不到盡頭的夜晚，其實都是鍛煉自己的身心和毅力，為自己將來做好準備。

【同理心】

做醫生最重要的是要有同理心，能夠設身處地明白別人的痛苦，體會患者家人的憂慮。正如年輕的醫生不會有着老人家駝背和周身骨痛的煎熬，但他們需要明白長者的痛苦和限制。新一代的成長大多不會太艱難，要體會甚麼是困苦無助並不容易，但惟有這種同理心，我們才可以不止「醫病」，更要「醫人」。因此，醫學院都積極透過不同的方式和學習方法，讓學生對不同病患有更深的體會。

【放眼世界】

多年來香港的醫療水平能夠保持國際領導地位，是因為我們明白世界之大，願意向外學習及廣納人才。學醫便要認識自己實在太渺小了，我們需要放眼世界，把握機會到不同地方學習及體驗基層社會，提升個人的知識、眼界和胸襟。

學醫，其實是學做人，需要終身學習。

二〇二一年四月二十六日

我是如此學醫

「沒有老師會用匙羹餵你們，所以你們要懂得自我學習！」這是在醫學院的第一天教授對我們的訓話。因此，我自年輕便明白「內外全科自學士」的道理。

請不要誤會，這並不代表教授推卸責任，讓我們自生自滅，只是學醫之路需要有「自我承擔」、「終身學習」的心態。

當年沒有先進科技協助，教授上課還是用投影膠片或在黑板上「即席揮毫」。既沒有派 lecture notes ，更談不上錄影重溫，所以我要學習手抄筆記及繪圖。面對很多不明白的問題，下課後我便跑到圖書館翻查參考書，然後編寫自己的 lecture notes。雖是辛苦耕耘，但真正的學問卻靠着自己一點一滴累積而來。

讀書的歲月很艱苦，既要溫習當天所學的新知識，又要預備明天的課堂，否則隨時跟不上教授「飛」膠片，所以經常要挑燈夜讀。當年我住在崇基學院山邊的宿舍一角，夜闌人靜，漆黑一片，只有微弱燈光從我的窗口照射校園，所以同學都笑我是「崇基燈塔」。

以為讀書難，原來出到醫院臨牀學習更難。醫科生是病房內最低等的生物，終日在擠擁的空間寄居流連，經常被視為「阻礙地球轉動」，所以我們自嘲為「浮游有機生命體」（floating organic life forms）。當年學醫有點像賭彩數，學習機會很視乎跟着甚麼導師。雖然有些是友善及照顧學生的好醫生，但也有不少傲慢和兇惡的「大醫生」，令我們飽嘗辱罵及恥笑的滋味。回想過來，我也要感謝他們的反面教材，讓我學會自強不息，亦提醒自己不要重蹈他們的覆轍。

畢業後，我展開了學醫之路的全新一頁。真正在醫院工作，方發覺以往所學的知識不夠用，又不懂得學以致用，所以經常「撞板」，被罵得「狗血淋頭」。不少臨牀經驗是從痛苦及失敗中學習得來。歲月或可以提升醫術，但要改善個人修養、懂得聆聽與溝通卻是窮一生也未必能夠參透。當年初出茅廬，血氣方剛，不懂待人接物，走了不少冤枉路後才逐漸明白「學醫，其實是學做人」。多年來遇過不少傑出人才，可惜大多都是活在自己的世界裏。

這些前塵往事只是一些「老海鮮」茶餘飯後的話題。時代改變了，長江後浪推前浪，新一代學醫又是怎麼一回事？且待後文分解。

二〇二一年五月二十四日

1988 年醫科畢業照

昔學醫　今學醫

「從今天開始，你們踏上學醫之路，雖然未來日子充滿挑戰，我們將竭力讓大家得到充實、多元化的學習經驗，栽培你們成為才德兼備的醫生……」這番說話是醫學院對現今醫科生的承諾及寄望。多年來我們的抱負是薪火相傳，培育出色的新一代醫生，但時代變了，教育也需要與時並進，再不能像當年那些教授說：「沒有老師會用匙羹餵你們！」

經常有人問：「以前和現今的醫科生或年輕醫生有甚麼不同？」以下是我一些個人看法。

【能力】

多年來，能夠在香港讀醫的都是天之驕子。究竟現今的醫科生抑或以前的醫科生較「叻」？平心而論，年輕一代不單成績優異，更是多才多藝、文武雙全。我有不少學生除了公開試名列前茅外，同時也是音樂家、運動健將、精通多國語言，簡直是「入水能游，出水能跳」。相比之下，自己當年只是輸在起跑線上的屋邨小子，論眼界、見識及才能絕對比不上現今的醫科生。長江後浪推前浪，隨着社會進步，年輕一代的條件及質素亦跟着提升。

【課程】

現今科技發達，學生可在網上隨時找到所需資料。以往經常要背着厚厚的書本東奔西跑，如今一部手機便可以縱橫天下。如果當年有3D人體虛擬解剖，我就不用死記腦部十二條神經線的位置。先進科技無疑減少學習難度，但現今醫學發展一日千里，學生需要吸收的知識也更廣泛，要承受的學習壓力亦更大。

【心態】

以往的醫科生地位低微，在病房被視為「阻礙地球轉動」的低等生物，但卻練出迎難而上的堅毅性格，所以當年的醫科生有如打過「木人巷」才下山；新一代的學生仍然努力學習，但他們對教師的要求也很高，教授不再是高高在上，受到差劣評價的教師有可能失去晉升機會。正是「風水輪流轉」，生態系統的食物鏈（即「吃」與「被吃」的關係）亦起了很大的變化。

行醫本是一份終身職業，我認識一名敬業樂業的醫管局同事，他雖貴為部門主管，卻毫不吝嗇地做前線工作，醫院猶如他的第二個家。新一代醫生勤奮工作之餘，同時也十分着重 work-life balance。另外，很多人自小備受呵護，當發覺理想與現實有落差，便容易出現負面情緒，影響學習及行醫。所以現今醫學教育很着重培育學生堅毅不屈的精神，希望透過多元化體驗提升他們的心理質素，以應付將來種種逆境和挑戰。

【培訓】

往昔學醫是跟師父邊學邊做，所謂「see one, do one, teach one」。跟着好的師父，又在大醫院工作的話，自然見多識廣，名師出高徒。但假若「遇人不淑」，便要自求多福，從反面教材中學習。所以當年的培訓頗為個人化，着重師徒關係；現今的培訓變得制度化，以目標為本，醫生訓練有了質素保證。在企業文化的管治下，強調 KPI（key performance index），員工按指引及程序做事，大家叫着相同的口號。整體質素上升了，個人面目卻變得模糊不清。

【社會期望】

以前社會比較簡單，病人的醫學知識不多，對醫生大都十分尊重。當年大醫生巡房，全場肅靜迴避，氣派有如皇帝出巡，病人及家屬甚少「違抗」醫生的「意旨」；現今市民的知識水平提高了不少，在網上容易找到很多醫療資訊，不時會反問醫生，甚至質疑治療方案。社會日益重視病人權益，要求高質素的醫療服務，當期望有所落差，投訴也絕非新鮮事。這一輩的醫生不論對內對外，所承受的壓力也愈來愈大。

社會進步，讓我們有能力栽培知識和技能更出色的新一代。雖然成長環境改善了，但承受風浪和挫折的能力卻變得小了。在追求高質素的醫療水平的大前提下，需要的正是多點諒解和包容。

二〇二一年五月三十一日

“與當年的醫科同班同學合照，圈中者是我。”

為病人說不

我經常應邀到別的醫院參加會議，目的是檢討醫療事故及提升質素。最近有兩宗病人離世的個案，都值得醫生及家人反思。

個案一

一名九十多歲的老伯因雙腳受感染入院。他患有多年的糖尿病並引致腎衰竭，平日因行動不便而困在家中。入院後發現雙腳已經發黑，醫生建議病人把一對小腿切除以防止細菌入血。開刀後傷口惡化，並引發急性腎衰竭，當時老伯已危在旦夕。但主診醫生把老伯轉送往深切治療部接受血液透析，由於血壓不斷下降，於是醫生又為老伯做一項大動脈介入手術以穩定血壓，最後老伯於深切治療部住了數星期後逝世。

個案二

一名四十多歲男士不幸患上胰臟癌，發現的時候癌細胞已侵蝕周邊血管、淋巴腺及小腸。主診醫生認為動手術並不能夠改變結果，建議他接受紓緩治療或可以讓他多活數月。家人不能接受這晴天霹靂的消息，於是把病人轉到另一所醫院訪尋名醫。最後醫生為這病人做一項「超級大手術」，把胰臟切除及小腸重新接駁。可惜手術後傷口滲流，並引發多重器官衰竭。於是他被轉到深切治療部接受插喉、血液透析、X光介入抽取膿瘡等，最終於數星期後病逝。

這兩個案都有一些共通之處：第一、病人餘下的時間比想像中更短，換句話說紓緩治療可能令他們活更長時間及更有質素；第二、主診醫生異口同聲辯稱手術是病人及家屬苦苦哀求下的決定。其中一名醫生的說話還言猶在耳：「我明知他很大可能活不成，但他們堅持要做手術，我又可以怎樣？」第三、家屬花了意想不到的醫療開支。

院方認為這兩個案都沒有醫療失誤，死亡是意料中事，純屬不幸。醫生沒有水晶球，不可能預知生死；醫生也不是判官，我們需要尊重病人的選擇。問題在於病人及家屬是否得到全面資訊及不偏不倚的意見下才作出抉擇？醫生有別於其他服務提供者（service provider），不是顧客有要求我們便去迎合。我相信一個優秀的醫生並不在乎他能夠「去得有多盡」。「藝高人膽大」與「仁心仁術」是有分別的。前者或可以表演高超技術，能人所不能，但登峰造極的背後卻可能賠上不少別人的代價。能知所進退，縱有超凡武藝而能有所為有所不為，凡事以病人利益為先（patient first）才是傑出的仁醫。在需要放手的時刻，我們要有勇氣及責任為病人及家屬說不。

二〇二一年六月二十八日

到天竺取醫經

一年一度公開試又放榜了，一如以往，注意力都圍繞着今年出了多少個狀元？有多少個尖子選擇讀醫？他們又會選擇到哪裏學醫？

執教這麼多年，究竟我能夠栽培多少個社會大眾所期望的醫生呢？香港醫委會對本地醫科課程有嚴格要求，不論是哪間醫學院，畢業生的水準都有高質素的保證。可是學醫不是上山學藝然後滿師下山，六年的醫學教育只是一個開始，行醫有如一條往天竺取經的漫漫長路。

曾經讀過《西遊記》或看過它的漫畫，便明白取經之路殊不容易。路上困難及誘惑重重，一念天堂、一念地獄。困難並不在於肉體上的辛勞，而是不知不覺間失去了初心、迷失了自我。正如上星期我剛剛與新一屆入職的醫生補拍畢業照留念，每一個年輕面孔都充滿朝氣及個人夢想。但當每天都要活在一個龐大的醫療系統下，面對數之不盡的病人及家屬，形形色色不同的需要及期望，他們很快便會明白生存之道是要懂得管理風險、提升效率及按指引做事。只盼望他們的面孔不會被火焰山的烈焰燒熔至逐漸變得模糊不清，經過不斷的考驗後，仍能繼續堅持個人理想。

有人喜歡留在大機構，亦有人喜歡跑到外面海闊天空。可是外面的世界又何嘗不是充滿着試探與誘惑？正如《西遊記》的蜘蛛精和白骨精迷惑人心。多年來我所認識的公營及私營醫生都是以病人為本，非常專業，質素毋庸置疑。可是每當面對灰色地帶，例如應否做某些檢驗及治療？究竟以病人為本抑或以保單行先呢？如何平衡兩者之間的矛盾？事實上又談何容易。

行醫是終生學習，取經只是一個過程，但願所有立志取經的年輕人都能夠堅守初心地走完這條路。

二〇二一年八月二日

生命無 take 2

上星期四，又一名病人離開了這個世界。

大半年前才認識這名六十多歲的王女士，她一向諱疾忌醫，從不定期檢查身體，因為她相信發掘隱藏的毛病有如喚醒沉睡的巨龍，後果將一發不可收拾。可是近半年她消瘦了十多磅，以往每天大便暢順，但最近如廁愈來愈困難，左腹還隱隱作痛，終於在迫不得已的情況下才來求醫。

第一次會面的時候，她已是臉色蒼白，身形瘦削。當我檢查她的身體時，竟然發現她的左腹有一個硬塊，懷疑是大腸癌。我感到很意外，因為大腸癌一般是觸摸不到的，除非腫瘤已變得非常龐大。

心知情況不妙，我便盡快安排大腸鏡及電腦掃描。結果發現她患上乙狀結腸癌，並有腸道阻塞及擴散至腹腔及肺部，屬於末期癌症。

「王女士，我有個不幸的消息告訴你……」

這個晴天霹靂的消息令她不知所措，誰又會想到自己從不求醫，一見醫生便已罹患絕症？看着她與女兒抱頭痛哭，我不禁想：「為甚麼一個本應可以完全預防的疾病，我們卻自我放棄機會，讓它在不知不覺間奪取寶貴的生命呢？如果她十多年前開始定期檢查的話，我深信她今天一定不會落得如此下場。」

後來我轉介王女士到腫瘤科接受標靶藥物治療。起初她的反應還可以，但最近兩個月的情況急轉直下。上個月，王女士與女兒再回來複診，她已變得很虛弱，需要依賴輪椅出入，就連進食也愈來愈困難。於是我安排她入院接受紓緩治療。終於王女士在上星期四離開她最捨不得的家人。

如果生命可以再來一次的話，相信她對健康的選擇會完全不一樣。

二〇二一年八月二十三日

外國的月亮

「Francis，多謝你過去幾個星期的協助，可是美國的醫生告訴我，爸爸已經沒有希望了……」Paul忍着淚告訴我這噩耗。

Paul是我在牛頭角一起長大的鄰居。當年我們由花園大廈一起跑上鯉魚山，回家後被媽媽「打到飛起」，再逃往彼此家裏避難。那些年的回憶，彷彿是昨天的往事。Paul的爸爸是運動健將，壯年時還在沙灘當救生員。他很喜歡別人稱呼他為Sam Hui，因為他姓許，亦是許冠傑歌迷。匆匆數十載，Sam已經八十六歲了，由Sam Hui變成Sam伯，但他身體依然壯健，搬往上水居住後，每天仍花上兩小時做運動，風雨不改。我每逢農曆新年必定拜訪這一家老鄰居。Sam伯一點也不像八十多歲長者，我還經常稱讚他一定會長命百二歲。

Sam 伯每年都前往美國探望女兒及家人。Paul 的姊姊已經移民多年，Sam 伯每年在美國住上三個多月，與他的女兒及外孫共聚天倫。今年六月，Sam 伯又獨自去美國，出門之前他到上水附近的診所，要求家庭醫生發信證明他不合適接種新冠疫苗。事後 Paul 才告訴我 Sam 伯很固執，還堅持地說：「我身體一向壯健，百毒不侵，不需要打針。醫生還說我年紀大，打針風險高，反正我住在美國郊區，空氣比香港清新得多！」

據悉他到達美國後，不願意被標籤為「來自亞洲的病毒傳播者」，因此便「入鄉隨俗」，外出時經常沒戴上口罩。大約一個月前，Sam 伯不幸染上新冠肺炎。起初他只有發燒及少許咳嗽，被確診後便送回家休息，因為當地醫生認為他的病情輕微，應該把病牀留給更有需要的人。我知道情況後甚感擔憂，因為長者染上新冠肺炎後容易有併發症，死亡率很高，必須及早醫治。Sam 伯病情逐漸變差，一個星期後家人再陪他到急症室求診。經過多番與當地醫生討價還價，終於把 Sam 伯送入醫院。可是 Sam 伯住院約一個星期後，醫生便力勸其家人接他出院。原因是Sam伯每晚都變得混亂，在病房大吵大鬧。「我的天！這是甚麼出院的道理？」家人迫不得已便惟有帶他回家。

不出所料，返家後他的情況持續惡化，於是家人再送Sam伯到當地急症室。可是醫生告訴家人Sam伯已耗盡醫療保險，入住深切治療部的費用驚人，只是處方類固醇（dexamethasone）及安眠藥然後叫他回家。當地醫生提醒家人說：「這麼大年紀人士的存活率低，如果他的病情再惡化，家人應該考慮寧養照顧（hospice care）。」幾天前，Sam伯在家已經不省人事，於是家人再把他送往醫院，經醫生診斷後，Sam伯最後被轉介至善終病房接受寧養照顧……

困惱的心情是筆墨難以形容的，我不想批評那些醫生，但甚麼是預防勝於治療？何謂醫者父母心？Sam伯，願你一路好走！

二〇二一年九月十三日

預防勝於治療？

上星期我與幾名私人執業的醫生朋友吃晚飯，其中一個是心臟科醫生，當晚他談笑風生，喜氣洋洋。還記得去年疫情高峰期，他總是滿臉愁容，難道接種疫苗可以令人覺得開心快活？

「Francis，你有所不知啦！去年疫情肆虐，病人如非必要也不願意見醫生，當時真是望天打卦，日子不知多難過。殊不知疫苗推出不久，大眾對疫苗頗有戒心，後來新指引建議有需要的市民應該先諮詢醫生才打針，我現在又變成應接不暇！」

這名心臟科醫生是「通波仔」專家，過去幾個月不少患上高血壓、糖尿病、中央肥胖等的市民求醫，心血管造影檢查忽然成為了接種新冠疫苗之前的「例行檢查」。結果他發現了不少沒有徵狀的心血管問題，許多上述人士跟着又接受了大大小小的心血管介入手術。

近年驗身愈來愈普遍，檢查做得愈多，找到不正常「數字」或「影像」的幾率就愈高。預防固然勝於治療，但問題是甚麼值得預防？接受入侵性檢查或介入式預防性治療，又是否有醫學數據證明可以減少發病的風險？不少醫學研究質疑某些入侵性檢測或介入治療究竟是否利多於弊。

最近我遇到一個個案，一名健康的中年男士由打算接種疫苗變成接受心血管介入手術。醫生總共植入了三個金屬支架，術後服用兩種抗血小板藥，不到兩個星期大便持續出血。因為他最近接受了心血管介入手術，所以不可能停止所有抗血小板藥物。但因持續出血，我惟有嘗試用內窺鏡尋找出血源頭，終於在直腸內找到血如泉湧的血管，最後利用內窺鏡來止血。回想手術過程十分驚險，因為抗血小板藥物令輕微碰撞也不停出血，幸好這名病人最後安全渡過難關，否則流血不止所引發的併發症真的不堪設想。

接種新冠疫苗本是為己為人的好事，想不到所引發的連串問題又是意料之外。希望那些以往不太注意身體的人士可以藉此正視健康。身為醫生，我們在任何情況下都以病人利益為先的大前提下，幫助他們做最好的決定。

二〇二一年九月二十七日

奇難雜症？

我經常接到各式各樣的轉介，最常見的是在外面花了巨大的醫療開支才發現是個無底深潭，另一類是外面醫生不願意接的病人。前幾天我見了一名約五十歲的王先生，他希望預防大腸癌，但好幾名醫生也不願意為他檢查。

他少年時不幸患上盲腸炎並引發腹膜炎，由於發炎嚴重，康復後出現腸黏連（intestinal adhesions）及黏連帶（adhesive bands）。這後遺症令他經常出現腸道梗阻（intestinal obstruction），每逢吃大量難消化的食物或喝過多水份，便出現便秘、肚脹及嘔吐。大約五年前一次非常嚴重的腸道梗阻，需要接受緊急切腸手術，事後他飲食需要更加小心，以防問題復發。

由於家族有大腸癌病史，所以他希望及早預防。可是照大腸需要飲三至四公升洗腸水，這步驟大大增加腸道梗阻風險。還有大腸的形態因手術及黏連而有所改變，增加了內窺鏡檢查難度及穿孔風險。因此，他先後向幾名專科醫生求診，但也沒有一人願意嘗試解決他的問題。

「陳教授，你可以幫我嗎？」我想了一會，便回答說：「王先生，其他醫生的擔心其實都合情合理。現階段我建議你先接受非入侵性大腸癌檢測，例如利用糞便測試。若糞便測試顯示你患大腸癌風險低的話，可以暫時不用考慮照大腸，以後每年接受糞便測試便可以。另一個檢測方法是利用電腦掃描結腸造影（CT colonography），透過電腦分析影像，我們可以知道大腸的形態及懷疑腫瘤的位置，然後再計劃如何做大腸內窺鏡檢查。」

王先生追問：「陳教授，我應該怎樣選擇才對呢？」我解釋說：「如何選擇視乎每個人的需要而決定。糞便檢測的好處是十分方便，完全不會感到不適或有任何風險。當然，糞便檢測也有不同的選擇。隱血測試（FIT）

最常用，現時香港的大腸癌篩查計劃也是用 FIT，但是它的準確程度低，不能偵測瘜肉及早期大腸癌。相比下，糞便細菌基因測試的準確度高，更可以透過改善生活飲食習慣而有機會減低致癌惡菌。以你的情況來說，我建議你首先以糞便測試來識別自己的風險程度，若是高風險，才用電腦掃描結腸造影以確定大腸及腫瘤的位置吧。」

隨着人口老化及飲食習慣愈趨不健康，我們將會遇到更多更複雜的病症。醫學科技雖是一日千里，但如何為不同需要的病人選擇合適的檢查是每個醫生都要面對的挑戰，這亦是 AI 不能取代的。

二〇二一年十月四日

醫生，腸化會變成胃癌嗎？

「陳教授，胃部出現『腸化』是否會變胃癌？你可以幫我嗎？」

上星期三，一名四十多歲男士求醫，約三年前的一次胃部內窺鏡檢查，化驗報告發現胃黏膜有「腸化」（intestinal metaplasia）的情況。醫生告訴他「腸化」「有可能」演變成胃癌，建議定期接受胃鏡檢查。於是他每年最少做一次胃鏡，有些時候他感到胃不適，擔心胃部是否出現了甚麼變化，於是又幫襯醫生照胃鏡。過往三年他總共接受了五次胃鏡檢查，每次化驗結果都是有輕微慢性胃炎，只有其中兩次發現有「腸化」現象。可是醫生每次只給他一些抑制胃酸及化胃氣的藥物，並告訴他「腸化」無藥可醫，只能定期檢查以作預防。

於是他由當初輕微的上腹不適忽然演變成為胃癌「高危一族」，長時間的憂心令他患上了焦慮症，並需要接受精神專科治療。他的情況令我感到十分慨嘆，類似這名男士的「小事化大」的病例真是多不勝數。究竟他患上胃癌的真實風險有多高？

「腸化」是指本來正常胃黏膜因慢性發炎而轉變成類似腸細胞的形態。「腸化」發生與年齡、幽門螺旋桿菌感染、吸煙、高鹽及煙燻食品有關。雖然「腸化」理論上「有可能」演變成胃癌，可是只有那些「真正的高危人士」經過長年累月才會演變成胃癌。而這些高危一族除了以上導致「腸化」的原因之外，他們還有其他風險因素，例如家族史、胃黏膜萎縮（gastric atrophy）及初次診斷時已出現嚴重程度的「腸化」。整體上日本及韓國人比中國人的風險高約四倍，而居於大陸北方人士的風險又比南方人士高約四倍。

若只有輕微及小範圍的胃黏膜「腸化」而沒有以上多個風險因素的話，

患上胃癌的幾率比「中六合彩」還要低，所以對於絕大部份人士來説，「腸化」並不值得憂心，亦不一定需要年年照胃鏡。當然，健康生活及飲食習慣不單可以進一步減低「腸化」惡化的風險，還可以改善血壓及體重。

身為醫生，我們應盡力讓病人明白真正的風險，以減少不必要的憂慮。

二〇二一年十月十一日

何處覓仁醫？

最近，電視又有一齣新的醫療劇。不時我都會被問「你有沒有看那套《XXX仁醫》啊？」、「故事真實嗎？」、「有沒有你的影子？」戲裏時常出現一個情景，就是醫生如何向患者和家人宣告患重病的消息。而事實上，如何break the bad news，如何與患者一起面對，也真是醫生工作的重要一環。

患上癌症是人生最大的挑戰之一，除了病人本身，照顧者也同樣面對非常大的壓力。雖然大家沒可能改變這個事實，但醫生總希望病者及家人收到這個壞消息的時候，可以減少那些徬徨無助的感覺。

我是一個腸胃科醫生，經常遇見各式各樣的疾病，而腸癌亦是愈來愈常見。最典型的例子，就是當病人從內窺鏡蘇醒過來的時候告訴他：「我發現你的大腸出現一些問題，需要做切片化驗。不過從我的經驗來看，頗大機會是癌症。」

身為醫生，我不應向病人隱瞞情況，因這有違專業操守。但事實上我亦十分理解那一刻病人大多是不懂得反應；有時甚至是家人亦不知該如何處理。然而，為了進一步的跟進，醫生有必要清楚地告訴病人：他需要接受甚麼掃描或其他檢測、甚麼時間需回醫院複診看報告、治療可能出現甚麼風險或併發症等。但我覺得這一刻我們作為醫生，更需要有同理心，應設身處地為病人着想，例如給他多一點空間去消化這個突然的消息，而不是把一大堆吃不消的資訊或指示加諸病人身上。有些病人來見醫生之時，心裏已經有所懷疑，心中有數；但有一些則全無心理準備。無論如何，經驗告訴我們，應該給予病人足夠的空間去消化和沉澱，適宜安排另一個時間去跟他詳細商討。

收到確診的消息，每人的反應都不盡相同。大部份的病人都會非常震驚，晴天霹靂；有些則會拒絕接受事實，有些則會感到憤怒，甚至是去埋怨其他人。醫生要學會明白、包容和尊重他們的情緒。但當他們激動過後，我們就要幫他們慢慢接受這個令人難受和徬徨的消息，並切實地去面對。

很多病人和照顧者會去詢問不同朋友和醫生的意見，又或者是上網找尋資料，不過有時卻是「愈問愈亂」。問十個不同的人，很多時候得到的可能是十種不同的意見。

我認為患者和家人不需要堅持找一個「最叻」的醫生，而是應該找一個他和他家人都信任的醫生。這條路絕不簡單，惟有醫生和病人有一個互信的關係，這條路才可以繼續走下去。因為手術往往只是一個開始，之後需要面對及解決的問題可能比手術複雜十倍以上。如果大家沒有互信，這條已經難走的路將更難走。

我認識很多叻的醫生。在星空下，只見萬家燈火，又何處覓「仁醫」？

其實，仁醫就是一個願意放下身段、懂得聆聽、樂意為病人及家人多走一步的醫生。

二〇二一年十月二十五日

有誰明白我？

一般人都不喜歡患病，不願意接受自己從一個健康人士變成一個長期病患者的角色，而癌症病人及其家人所面對生理和心理上的壓力更不足為外人道。假如我能夠告訴病人：「這些藥物雖然會令你很辛苦，但我擔保能藥到病除！」那麼我相信病人大多願意面對這「有期徒刑」。可是現實環境有很多不確定因素，做完一次、二次，甚至是三次治療，都不能肯定癌病絕對不會復發。生理上似是復元，心理上所承受的惶恐卻最折磨人。

這麼多年來，我發覺病人和家人覺得最難受的，就是心中那種不能言喻的焦慮、恐懼和壓力。病人要面對自己的頑疾，本身固然痛苦；身邊的照顧者也同樣面對很大壓力，心靈上可能更痛苦，因為他們心疼自己所愛的人。家人覺得自己責任重大，所以很努力照顧病者：帶他出出入入看醫生、提醒食藥、擔心他食藥後有甚麼副作用，又千方百計去尋找減低副作用的方法等。很多時照顧者更要獨力承擔一切，令他們心力交瘁。病人或可以靠醫生，但照顧者又由誰來幫助他們呢？

通常大家都非常關心病人，卻沒有甚麼人會記得去關心照顧者。照顧者有時還覺得自己怎麼做也做得不夠好，感到壓力很大。他們往往忘記了自己，一切都以病人為先。「只要你好好的，我便好了；只要你開心，我也會開心」是每個照顧者的心聲，也是心願。他默默地陪伴病人走過人生這段最艱苦的道路，令病人覺得雖然不能逃避肉體上的痛苦，但知道自己仍是一個被愛、被尊重的人。

行醫這麼多年，我覺得無論醫學多麼昌明，能夠做的其實很有限。我遇過一名照顧者，目睹她實在已經到了筋疲力竭、無助和絕望的階段。我告訴她：「我知道你已經盡了力，請你放心把病人交給我的團隊，我們一定會努力幫你『睇住佢』。」原來這樣簡簡單單的一句說話，對照顧者來說已經非常受用。所以我覺得身為醫生，不要誇口醫療如何先進、如何幫助到病人，反而是一句發自心底的安慰，一些將心比心的分享，更能為照顧者帶來適切的慰藉。

我不相信「人死如燈滅」，亦不相信人來到這個世界是一個偶然、是分子組合，過了若干年「熄了燈」後便甚麼都沒有了。生命不在乎於長短，而在乎是否豐盛，離開時有沒有不枉此生的感覺。

總有一天我們都會變成病人，都會離開這個世界。最重要的是在走最後一段路的時候，在「生理」上不必忍受無謂的痛楚；「心理」上覺得受到重視，有尊嚴；離開時並不是「熄了燈」甚麼都沒有；重要的是要覺得自己不枉此生。

患病這條路，病人痛，照顧者往往更痛。身為醫生，醫治病者的同時，也希望可以減輕照顧者的一點痛。

二〇二一年十一月一日

孤身走我路

最近接觸一個專為晚晴人士圓願的慈善機構，他們的義工與我分享如何幫助病人在最後的日子達成心願的經驗。心願，對不同的人有着不同的意義。對健康人士，他們的心願可以十分遠大，例如要闖一番事業，或者要不斷地挑戰自我。但對晚晴人士，他們的心願可能簡單得只是到户外曬太陽，或去酒樓吃一口蝦餃，但身旁是否有人願意陪他們、花心思力氣助他們一圓這個似乎很簡單的心願呢？

當至親罹患重病的時候，親人必然極之擔心和焦慮。但如果病情是漫長而日漸惡化的話，身邊人難免會覺得沮喪及無力。身為子女，照顧父母本是天經地義；但中國人有一句頗為現實的説話，就是：「久病牀前無孝子」。當不停地照顧長期患病的父母，既看不到盡頭，又看不見出路，只會感到愈來愈絕望。如果子女的經濟能力有限，甚至是所謂「搵朝唔得晚」，連自己的生活都成問題，又怎能照顧長期患病的父母呢？

當我還是一個年輕醫生的時候，曾經遇過一些照顧者最終因受不了壓力而選擇逃避，完全消失了！當醫院終於找到他們的時候，我曾經痛斥他們一頓：「你怎能如此對待自己的父母……」如今年紀大了，理解多了，我才懂得同情照顧者的痛苦與無奈。

我自己是醫生，亦同時扮演照顧者的角色。作為照顧者，要承擔的壓力和責任是他人難以理解的。面對至愛，我們總希望把他們照顧得最好。但甚麼才是最好呢？我現在會告訴照顧者：「你不應覺得自己可以無止境地承擔所有責任，因為總有一天你會感到疲累乏力，甚至倒下來，或覺得自己異常失敗而想逃避。」

面對長期患病的家人，或者年邁的雙親時，作為照顧者最重要的是將照顧變成「可持續」（sustainable）。例如安排特定時間陪伴病人，在相聚的一刻全力以赴，做到最好。離開之後，照顧者便盡量回復自己的正常生活。最辛苦的還是那些需要與病人一同生活的家人，白天要工作，晚上繼續照顧患者，或是放棄工作而日夜不停照顧患病親人，要找個喘息空間殊不容易。因此，當有困難時，你應該告訴親友或是專業人士，希望他們可以為你分憂或提供協助。總要給自己一個喘息的空間，惟有這樣你才可以繼續走這條孤獨的路。

人生總是要挑起一個又一個的擔子，有些擔子似是太重卻又揮之不去。在這條孤獨路上，只有自己默默承擔。星空下，我們付出多一點關心給這些孤獨的人，讓他們堅持為患病的親人積累美好的回憶。

二〇二一年十一月八日

三分鐘定論

有沒有想過，每當首次與陌生人交往，我們是怎樣決定對他的觀感？究竟是經過長時間的客觀分析，還是靠主觀感覺？

理性告訴我們應該要從多角度認識別人及懂得設身處地才下判斷，可是人性卻往往是「先入為主」，甚至是「以貌取人」。每當我們與陌生人接觸，第一個觀感是非常重要，而這個觀感往往是三分鐘內便形成。假若我對你感覺良好的話，往後的交往便會變得順暢，亦比較容易深入溝通及建立互信；相反地，假若我對你一開始的印象不好的話，那麼往後我便很容易戴着「有色眼鏡」看你。無論你說甚麼或做甚麼，我總是抱着懷疑及戒心，更談不上溝通或互信。往後即使付出很大力氣也未必可以改變別人對你先入為主的錯誤觀感。

這「三分鐘」的人性現象對我們行醫者十分重要，甚至乎「好醫生」與「劣醫生」的分別，都是取決於這「三分鐘」的感覺。

根據非官方統計，約六成對醫管局的投訴都是由於醫護與病人溝通不足所致。病人及家屬的投訴往往是醫生沒有解釋、解釋不詳細不清楚等；而醫護一方卻拿出證據表明自己跟足程序做事，沒有半點遺漏或失職。事實上，很多這些「公説公有理、婆説婆有理」的案件都是源於缺乏初次見面的「三分鐘」工夫。可能因為頭「三分鐘」留下不理想的印象，令病人及家屬失去信心，甚至先入為主地形成了偏見。之後假若醫治過程及結果出現期望落差，便很容易引發爭拗及投訴。

試想想，每個首次步入診症室的病人，面對那個陌生醫生，很自然便感到忐忑不安、患得患失。小時候，我生病去看醫生，究竟面前這個醫生叔叔是「好人」還是「惡人」，不到一分鐘我便會下了定論，下次總希望再次遇上那個「好人醫生」。「好人醫生」有甚麼好？很多時都只是靠第一次接觸的感覺，例如他經常與我有眼神接觸、他表現得願意聆聽、他的親切笑容及問候等……

當然，我明白前線醫生經常忙到喘不過氣，平均每個病人診症不夠六分鐘，又如何有空間去多聆聽、多問候？但「三分鐘」關注其實是醫患建立溝通互信的重要關鍵。打好了這「三分鐘」的良好基礎，往後的溝通和醫治過程將會暢順得多。

醫生也是人，人總不能盡善盡美，能夠獲得病人及家屬的信任是行醫不可或缺的，也最有滿足感。行醫多年，我也有經歷過醫治結果與預期有很大的落差，慶幸的是病人及家屬對我這樣說：「陳醫生，我知道你已經盡了力，只是生死有命……」要得到病人及家屬的信任，便不可輕忽頭「三分鐘」了。

二〇二一年十一月十五日

「我是不是復發了？」

走到診症室，知道今天會見到周太，一個胃癌康復者。周太比上次見面時瘦了一圈，眼神也有點暗淡無光。

「是不是有甚麼不舒服？」

「嗯……沒有甚麼大的不適。不過最近知道有病友的癌病復發，我有時也會覺得胃脹，不知道會不會輪到我……」

癌症病人經治療之後康復，本是值得高興。但我了解很多病人因為擔心復發，而令到自己非常緊張，甚至餘生都有陰影。

「從醫學角度來看，通過定期的複診，我們可以監察你的病情，即使復發亦可以盡早處理。我們會睇住你，不用太擔心的。」我嘗試安慰她。

事實上，不同癌症的復發風險可以非常不一樣。第一類是「循序漸進」，例如腸癌，分一、二、三、四期，如果病人患第一或是第二期癌症，經治療後五年也沒有復發的話，我可以很有信心地告訴他：「你的癌病已經根治，不用再擔心復發。」

但第二類癌症就不是這樣簡單，就算病人患的是早期癌病，將來亦有可能復發，對病人造成很大的心理壓力。作為醫生會替病人定期複診，以免耽誤診斷復發，亦希望正常的化驗報告可以令病人安心。但是我亦見過很多例子，雖然一切報告正常，可是患病的朋友總是「草木皆兵」，小小事情都令他們覺得癌症復發。這種心理壓力似是一個計時炸彈永遠埋藏在心內。

有些病人會不停地重複又重複做很多不必要的檢測，我嘗試勸喻這些病人：「你做的檢測愈多，只會令自己愈焦慮，更泥足深陷，一點也不會幫助到你。」在這個過程中，關鍵是醫生和病人能夠建立一個信任的關係，令病人安心把健康交託給醫生。

同樣，身邊的家人亦幫得上忙。雖然病人不是對醫生缺乏信心，可是每當夜闌人靜，無名的恐懼又湧上心頭，揮之不去，頓時又生疑慮。那時家人不斷的支持和鼓勵，對病人就尤為重要了。

「周太，請放心！當年你的手術十分成功，胃癌已經徹底割除。轉眼已過了六年，今次檢查結果又很『靚』，真的沒問題啊！」

周太帶着似信非信的目光問道：「陳醫生，我真的沒有復發嗎？」

我明白她不是懷疑我的專業判斷，只是患得患失的心魔總是纏着她。於是我笑着回答：「陳醫生跟你打賭，如果半年後複診又是一切正常的話，你便輸一蚊給我好嗎？」

周太忍不住笑了起來，說：「陳醫生，我希望以後每次複診都輸一蚊給你啊！」

二〇二一年十一月二十九日

問世間　情為何物？

「陳院長，你要幫幫我辦手續，我要照顧我老婆……」王伯在我的診所重複地說着這句話。

王伯今年九十一歲，是我照顧多年的病人。歲月催人，十多年前他還每天早上踏單車去茶樓享受一盅兩件，可是近年患上早期腦退化，記憶力及體力大不如前。幸好他有個照顧周到的老婆。王婆婆年紀也不輕，但是腦筋靈活，是十分精靈可愛的老婆婆。每次王伯複診都全靠王婆婆陪伴出入、化驗、配藥等。由於子女移民海外多年，所以兩老只好相依為命。

記得王婆婆經常向我「舉報」王伯如何偷吃甜品，她又如何「威迫利誘」王伯吃藥，王伯卻堅決否認。每次複診遇上這對活寶貝，總是啼笑皆非，為繁忙的工作添上不少樂趣。

可是最近半年我再沒見到他們複診，直至上星期王伯由他海外返港的女兒陪伴回來。原來王婆婆半年前突然在家中爆血管，在醫院住了個多月便轉往療養院。由於大腦受損嚴重，王婆婆再不能行動，大小便失禁，說話模糊不清，依靠輪椅出入，最近更入住了老人院。

王伯自此變成獨居老人，他不喜歡外傭，只靠家務助理協助每日三餐。可是王伯終日惦掛着老伴，疫情令他沒有機會探望老妻，所以他天天嚷着要搬去老人院照顧她。海外回來的親人也拿他沒辦法，於是帶他來複診。

「陳院長，你要幫幫我辦手續，我要搬去與老婆同住，她沒有我在身邊便活不成……」「老人院不知道她愛吃甚麼，失禁又由她不管……」「你是院長，他們會聽你的……」看着這個自身難保的王伯，心中卻只牽掛着老伴而喃喃自語。

「問世間情為何物？直教生死相許……」原來這不只是金庸筆下的劇情。但願有情人能夠不離不棄，莫失莫忘。

二〇二一年十二月二十日

醫冠楚楚？

「Francis，這年輕一代的醫生越來越不像話！你看看，這個頭髮蓬鬆、又金又啡；那個竟然穿白球鞋又不穿襪，簡直就是世風日下，道德淪喪……」一位老前輩不停地向我投訴。幸好我的好友莫樹錦教授不是席上客，否則一番舌劍唇槍勢必在所難免！

但這位老前輩一番話，亦令我反思醫生的儀容是否應該有些規範。例如醫生是否一定要穿恤衫西褲皮鞋呢？這個問題的延伸，便是醫生該穿甚麼服飾才對。以往醫生的形象比較統一，例如男醫生基本上都是穿白袍加恤衫領帶西褲皮鞋；而女醫生則是西裝裙或褲再加高跟鞋。隨着時代變遷，醫生的外形和衣着也變得多元化，例如有些醫生會染頭髮、劏青或束辮。

當我還是學生的年代，那些「大醫生」總是衣冠楚楚，給人高高在上、神聖不可侵犯的的感覺。現今的年輕醫生卻比較無拘無束，所以服飾也比較隨意。隨着疫情爆發，很多醫生因着衛生的緣故而穿 scrub，即 V 領短袖上衣的手術服。反而長袖衫及領帶被視為容易藏污及傳播細菌病毒的衣服。

對我來說，醫生是一種專業，因此整體打扮必須表現出對這個專業、病人及家屬的尊重。有些專科醫生，例如兒科，因為知道小朋友害怕打針和食藥，一見到醫生便會懼怕，所以他們一般較少穿白袍，反而會穿戴一些可愛的飾物在衫袋，方便接近小朋友。

其實醫生首要是得到病人和家屬的信任，才能夠好好溝通。當醫生將病人放在首位，他就會知道應該如何用心對待病人，為病人多想多走一步。相由心生，取信於病人不是他的外觀，而是他的真誠及同理心。一個為病人及家屬着想的好醫生，他的談吐及態度所散發的親切感遠比他的服飾重要。如果缺乏以病人為首的心，縱是衣冠楚楚又如何？

所以，現今學醫的重點不再是以光鮮整潔的外觀去爭取 client 的信任，而是學習如何用一顆真誠的心去對待徬徨無助的病患。

相由心生，我們的心思意念不應只着重外表，而是帶着陽光的心去救傷扶危。

二〇二一年十二月二十七日

順風順水？

上星期三，我與多個應屆大學新生會面交流。他們全都是在公開試名列前茅的高材生，我很有興趣了解他們的抱負及夢想。這些學生不但成績優異，語文能力極高，更是多才多藝，動靜皆宜。

「我將來要投身科研！」「我要救助窮困的人！」「賺錢並不是我的志願！」「我要往落後國家服務！」這些年輕小伙子的眼神告訴我，他們是香港明日的希望。

香港雖是彈丸之地，但這裏有不少青年才俊、後起之秀。假若每年有一百個有心有力的年輕人以建設社會為己任，那麼十年便有一千個。如此推算，我們未來的日子應該會變得更美好。

可是在現實世界裏，並不察覺很多出類拔萃的人才，願意委身於社會服務。當年滿腔熱情的小伙子去了哪裏？究竟是甚麼奪去他們的理想？有人歸咎於生活逼人、高樓價、不公平競爭等。當然，外在因素對下一代成長影響深遠。但是，每個時代都有它的難題，是否一個繁榮昌盛的社會就一定能夠人才輩出？

年幼時生活環境惡劣，經常被人白眼。自懂事以來，我便要面對不公平的競爭，多年來雖是碰得焦頭爛額，但幸好天生臉皮厚，屢敗屢戰是家常便飯。如果今天我要分享個人「生存秘笈」的話，我會感謝自小生長於逆境及多年來的挫折打擊，令我可以被擊倒後又再爬起來。

反觀現今的年輕一代，他們最大的挑戰並不盡是外在環境因素，而是自小一帆風順，「失敗」似乎是一個頗為陌生的名詞。對着這群懷着赤子之心、出類拔萃的大學生，我不禁「倚老賣老」地對他們說：「你們都贏在起跑線上，但這些所謂成功卻容易成為你們日後的絆腳石，因為成功往往是成功最大敵人，不少人會因為小小挫折便心灰意冷。你們也不要滿足於眼前的小小成就而放棄追求更大的理想，要無忘初心，向着標杆直跑……」

新的一年剛開始，我不望順風順水，只求自強不息。

二〇二二年一月三日

似曾熟悉的説話

星期五大清早，我趕返醫院為病人做胃及大腸內窺鏡檢查。其中有一名中年男士對我說：「陳教授，我擔心了整整一年，希望你能為我找出答案。」他過去幾年經常發覺大便出血，醫生懷疑他患上克隆氏症，但總是缺乏足夠確診的證據，於是轉介這個病人到我的診所。我覺得他並不是患上這個複雜的慢性腸道疾病，於是安排他再次檢查大腸及小腸。

當他從麻醉藥蘇醒過來後，便迫不及待地追問我：「陳教授，我的情況如何？」於是我告訴他說：「請不用擔心！內窺鏡檢查並沒有發現這種病的特徵，不過為了謹慎起見，我已於腸道多處抽取組織化驗。」他接着問我：「還需要等多少日子才可以確定？我已經被這個疑團折磨了很長時間，真的希望可以盡快得個了結。」雖然我嘗試安撫他，並告訴他兩星期內應該有報告，但我的說話似乎沒有給他太大的安慰。

離開內鏡中心後，我便衝去X光部門。今天正是我的例行身體檢查，年紀大了，還是預防勝於治療，同事為我安排了掃描。看看鏡子，換上了病人衣服的我，再不是一個醫生了！躺在掃描機上約半個小時，那機器把我推出推入，漸漸萌生了一種無助及無奈的感覺，有一天我真的變成了病人又怎麼辦？我的醫學知識可以減少我的焦慮嗎？

正在發白日夢之際，同事告訴我：「陳教授，不好意思，你身體某些地方照得不太清楚，請你再次躺在掃描機檢查可以嗎？」這突然的說話令我有點不知所措。終於檢查完畢了，坐在候診室等待報告之際，那種莫名其妙的焦慮逐漸浮現。不禁自嘆：「陳醫生啊陳醫生，你的冷靜丟到哪裏去？」不久，同事告訴我：「初步診斷應該沒有嚴重問題，但為了謹慎起見，建議你數月後再次接受檢查吧！」為何這番說話似曾熟悉？原來今早我才向我的病人講過類似的說話，只是現在我是「被告訴」同一番話而已。

身份角色對換了，當自己坐在病人的椅子上，才更深深體會病人的焦慮及無助。

二〇二二年一月十日

我眼中的三種學生

四月天，杜鵑花盛開，正是公開考試的季節。莘莘學子於這個鳥語花香的日子埋首苦讀，為着前途和夢想作最後拼搏，希望於考試創出佳績，選擇自己心儀的學科繼續晉升大學。縱然大家都盡了努力，公開考試總是有人歡喜有人愁，因為考試的原意就是要活生生地把學生分高低等級，現實世界總是物競天擇，適者生存。

究竟考試成績與個人成就是否掛鈎？一登龍門又是否必定聲價十倍？投身教育數十年，見盡無數學生，亦見證了一代又一代年輕人的成長。在我眼中有三類學生，他們的成就各有不同。

第一類世俗人稱為「尖子」，他們自小天資聰穎，學業一帆風順，贏盡掌聲。家人、老師、朋友對他們都寄予厚望。可是這些資優學生往往只有少數能夠於社會上成為真正出類拔萃的人才。理由很簡單，學業只是反映你的IQ或考試技巧，而你未來的成就更在乎你的工作態度、待人接物及面對逆境的柔韌力。可惜不少高材生自小順風順水，成功卻變成了他們最大的敵人，「輸唔起」成為他們的絆腳石。縱然他們能夠爬上高位，又有多少能夠成為真正的領袖？要打破這個尖子的宿命，我認為這些高材生應該要學習謙卑，不要讓以往的成功沖昏頭腦，要懂得收斂，把眼光放遠一點，要知道一山還有一山高，機會是留給努力向上而不是自以為是的人。

第二類是中游學生，他們屬於大多數，這些學生平平穩穩，正所謂比上不足、比下有餘。可惜這類學生往往滿足現狀，以為自己能力有限，總不能有任何奢望或非份之想。當然，人到無求品自高，能夠安於現狀、快快樂樂過活並無不可。可是現實世界往往不容許我們停留下來，如果不能夠為自己資源增值，我們便很容易被淘汰，因為終有一天你的上司或會覺得那些更年輕力壯、薪酬更便宜的人比你吸引。

第三類是輸在起跑線上，在邊緣掙扎浮沉的學生。多年來我發覺這類學生有兩種截然不同的結局，一種是認命，相信自己先天不足，社會又不給予機會，於是一直往下沉；另一種卻拒絕向現實低頭，愈是困難卻愈是堅韌，憑着拼搏為自己創造理想。不少人認為時代改變了，獅子山下精神已經不合時宜，就是說無論怎樣努力也不可能創造奇蹟。我不認同這種想法，因為不同年代有不同困難，與其找藉口，何不趁年輕努力拼搏，為自己的夢想創造奇蹟？如果認為自己輸在起跑線上，那麼再輸又有甚麼可怕？

籃球巨星米高佐敦曾經這麼說：「因為我經歷了一次又一次失敗，所以我成功。」

我尚未成功，因為我還未輸得夠。

二〇二二年四月二十五日

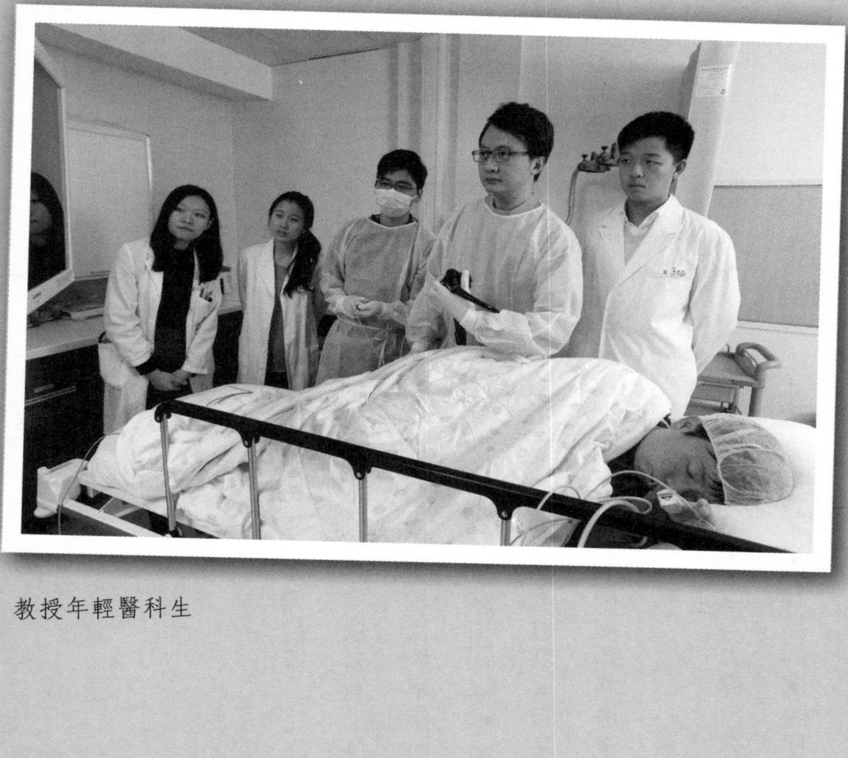

教授年輕醫科生

「陳院長，感謝你過去個多月的幫忙，太太的後事已安頓好了……」

大約六個星期前，一名朋友介紹了他的弟婦向我求診，這名女士只有四十多歲，與丈夫及八歲的兒子本過着快樂無憂的生活。她大約半年前開始感到疲倦乏力、食慾不振、腹部隱約有些脹痛。她以為是受到疫情影響，經常困在家中又缺乏運動所致。其後她逐漸消瘦，腹部不適愈來愈明顯。當她首次求醫已證實患上第四期大腸癌，不單出現貧血，腫瘤還擴散至肝臟及肺部。

這是一個噩夢，有如晴天霹靂。因為她的健康一向正常，大便沒有明顯出血，家族成員亦沒有大腸癌的紀錄。正因女性患上大腸癌的風險比男性低，而且她的年紀也未符合政府的大腸癌篩查計劃，所以她從來沒有想過自己要接受檢查。

過去幾個月，她嘗試過化療，但反應未如理想。由於腫瘤導致膽管閉塞，她需要植入膽管金屬支架以紓緩肝功能衰竭。

當我們首次在診所見面，她已是皮黃骨瘦、呼吸柔弱，需要氧氣輔助，檢查顯示腫瘤已導致肝臟及肺功能衰竭。其實他們已心中有數，只是過往好幾個星期住在某公立醫院，不幸遇上嚴厲的防疫管制措施，家屬不容易探望，唯恐從此生離死別，於是便冒險違抗醫生意旨而自行出院。

審視她的病情後，我自問沒有能力令她好轉過來，惟有小心翼翼地向她及家人坦白解釋病況。當日夫妻倆於診所內抱頭痛哭的境況仍歷歷在目。雖然我竭力地抽離個人情感，但他們對話的零碎片段仍言猶在耳……

好一個「她與他」的小家庭很快便成為追憶。她放不下自己的丈夫，無奈地與他緣盡今生，更捨不得自己年幼的孩子，無法守護着他的成長；

他埋怨自己疏忽照顧太太，不能與子偕老……

想起《白蛇後傳》中的兩句話：「風無定，人無常。人生如浮萍，聚散兩茫茫。」行醫多年，很多事情都是意料之外，亦無力挽救，人生聚散更有如浮萍。不禁慨嘆那些終日斤斤計較、患得患失的人，何處覓心安？行醫者但願一生坦蕩蕩，帶平安到苦難處，把希望給無常。

二〇二二年五月三十日

遺忘了二十五年的故事

「陳院長，這是一個九十三歲婆婆送給我的禮物，她還叫我再次多謝你啊！」年輕的郭醫生一邊說，一邊把一個嬌小精緻的串珠仔盆栽給我看，這是那個婆婆的手工作品。

沉吟良久，我終於想起了：「王婆婆！是王婆婆嗎？她身體好嗎？」

於是郭醫生告訴我，當日一個年紀很大但又很精靈的婆婆由孫仔陪伴複診，她還未坐下來，便急不及待把這份小禮物送給醫生，並笑着說：「你們所有醫生都對我這麼好！好彩有你們，我才可以活到今天啊！」於是王婆婆便從二十五年前開始講述她的故事……

當年她還只有六十八歲，一天凌晨時分因嚴重胃出血入院。「那時我

婆婆親手造的串珠仔盆栽

已吐了滿地鮮血，心想活不成了。當年的陳院長還是一個年輕醫生，他堅持要為我做緊急的胃鏡手術止血，我這條命便是他拾回來的！」王婆婆因為膝關節退化而痛得要命，經常到街外的藥房買消炎止痛藥，長期服用這些藥而導致急性胃出血，事實上每年不少長者都因此送命。

「我出院後還經常倚賴止痛藥，但當年的陳醫生極力勸我接受換關節手術，我還記得他對我說：『如果你是我的媽媽，我必定要你做手術！』」終於王婆婆接受勸告做了換關節手術，之後漸漸行動自如，再也不用倚賴止痛藥過活。她感激威院各專科團隊之餘，還經常四出向其他老人家作見證，鼓勵他們不要諱疾忌醫。

「這二十五年是你們送給婆婆的……」

郭醫生繪影繪聲地把我已遺忘多年的故事傳述，絲絲記憶再次從我的腦海深處逐漸浮現出來。

行醫者一生接觸無數病人，我們輕描淡寫的幾句話，或是溫言、或是冷語，可能轉眼間便忘記了，但就是這寥寥幾句話卻深深嵌入病人的心窩，從而改變他們的命運。

二〇二二年六月二十七日

學醫所為何事？

一年一度中學文憑試即將放榜，每年總有不少有心讀醫的學生及家長向我尋求意見，除了收生要求、課程內容、畢業出路外，我最常遇到的問題是：「陳院長，讀醫是一個重大決定，你有甚麼可以提供給我的孩子呢？」

最近，一名家長為着她的兒子應如何選擇感到焦慮不安，不斷打聽本地兩所醫學院的分別，同時又為兒子尋找海外讀醫的機會。這名家長也真的下了一番苦工，例如詳細比較各院校的入學獎金、宿舍環境，還有往海外深造、專科培訓，以至私人執業機會等。正當她喋喋不休之際，兒子卻沉默寡言。我明白天下父母心，但學醫是這個年輕人的個人重大決定，於是我便與他們分享自己當年選擇學醫的心路歷程。

還記得我提出三個重點，希望他們能夠仔細想想學醫所為何事？

第一、我不認同利用巨額獎學金作為招攬。以獎學金資助及獎勵家境清貧的傑出學生固然無可厚非，但我不贊同學生以金錢作為考量。倘若今日你可以被金錢所動，他日你如何於良心與名利之間作取捨？身為老師，我把畢生所學毫無保留地傳授給你，他朝你應該憑實力換取合適的回報。學醫有別於從商，我們不是以最低成本追求最大利潤，正因為我們的回報並不單以金錢衡量。

第二、我不會保證日後你必定成為名醫，或能夠為富豪把脈診症；我只承諾竭力栽培你成為一名仁醫，凡事以病人福祉為唯一考慮，因為我們的社會太需要這些有 heart、仁心仁術的醫生了。

第三、我不會讓你誤以為學醫之路會順風順水，他朝必定平步青雲，因為行醫的道路是荊棘滿途。只有那些常常懷着謙卑的心去終身學習的人，才有成功的一天，令世界變得更美好。

學醫所為何事？除了追求個人理想，亦要捫心自問：「我願意一生都把病人福祉放在首位嗎？」

二〇二二年七月十八日

醫生，我還有一個問題

上星期三，有一名七十多歲病人王伯複診，跟進胃鏡及大腸鏡化驗報告。他沒有親人，加上視網膜退化，起居生活都依賴外籍傭工照顧。

「醫生，你貴姓啊？對不起！我的眼睛不中用，每次又有不同醫生見我，所以我認不出你，我的化驗結果是否有問題？」王伯一邊說話一邊扶着傭工的手臂，臉上露出不安的情緒。其實王伯的化驗報告沒有甚麼大礙，只是一些細小良性瘜肉而已。

「陳醫生，為甚麼我的大便經常是稀爛的？是否切除了瘜肉後大便會回復正常？」於是我嘗試解釋，他的腸胃問題與瘜肉無關，透過改變飲食習慣有望改善排便的問題。

「陳醫生，我還有一個問題。為甚麼我的雙腳愈來愈乏力？腦科醫生又找不出原因，只是說我沒有問題。」

我為他作簡單的臨牀檢查，並沒有察覺任何異常，他的步履尚算平穩，只是眼睛不好，所以行路有點缺乏信心。於是我告訴王伯：「表面上並沒有原因可以解釋你乏力的感覺，但我相信你沒有患上隱疾，惟有多靠家傭協助日常生活吧。」

當我正想請下一名病人進來時，王伯又說：「陳醫生，我還有一個問題。為甚麼我經常耳鳴？磁力共振又找不出原因，中藥可以幫助我嗎？」我想了一想，便回答說：「王伯，我明白你的苦況，其實很多長者也有類似毛病，醫生卻往往找不出原因，也缺乏有效藥物。我對中藥認識不多，你可以考慮尋求中醫的意見。」

當王伯臨離開房間之際，他忽然轉身說：「很少醫生願意回答我這麼多問題，多謝你啊！」

看看手錶，原來我花了額外五分鐘回答王伯一連串問題。其實我並沒有解決他的困難，這些長者常見毛病往往是十分無奈，醫生能夠做到的只是幾分鐘的聆聽與關心。我明白前線同事的壓力，假如一個病人花多五分鐘，三十個便要額外多兩個半小時！

我沒有兩全其美的方法，只是不忍心用繁忙為理由去拒絕付出聆聽與關懷。

二〇二二年八月一日

學醫難

過往幾個星期，我收到很多恭賀中大醫學院獲得驕人成績的信息，更有些說法認為我們已超越本地另一所百年老店。在感到歡欣雀躍之餘，我們必須謹慎，避免變得自高自大。我覺得中大醫學院並不是贏了一場勝仗，而是香港這個彈丸之地，竟然能夠孕育出兩所國際知名的一流醫學院，在學術及科研上各有所長，這才是我們香港人值得驕傲之處。

一所成功的學府，最重要的不單是吸引成績優異的尖子，而是如何做到春風化雨，把出類拔萃的年輕人栽培成為仁心仁術的醫者。香港缺乏醫生，但香港更缺乏的是市民大眾眼中的「仁醫」。經常有人向我訴苦，他們覺得很多醫護缺乏同理心，對病人及家屬表現不耐煩、漠不關心等。另一邊廂，不少同僚覺得所付出的努力不被欣賞，反而經常收到無理投訴。究竟問題出在哪裏？

傳統醫學教育側重知識與技術的傳授，雖然近年已大幅增加了倫理課程，但我覺得單是上課並不會變成好醫生，因為好醫生是要從長年累月的觀察、仿效及實踐而逐漸成長，這就是我多年來強調要以「生命影響生命」。正所謂「近朱者赤，近墨者黑」。假如我們的學生一味只顧追求知識及技術，而他們於實習環境又見不到好的榜樣，我們將會栽培出怎樣的下一代？

多年來我們的團隊堅持「以生命影響生命」的醫學教育，身教比說教更重要，正是聽其言觀其行。這是一場逆流而上的硬仗，因為這樣的教育沒有客觀的量度標準，例如我們不能夠計算教師身教了多少個學生，亦不容易測試學生領悟了多少仁心。

現實工作環境可能遇上很多「壞榜樣」，但如果我們的學生從一開始能夠建立正確的醫者價值，那些「壞榜樣」便成為了反面教材，藉此「引以為鑑」。

學醫難，難在堅持一生都以謙卑的心去學習，以憐憫的心去照顧無助的病人。

二〇二二年八月十五日

見自己、見天地、見眾生

執筆當日，我出席了一位同事的教授就職典禮。這些典禮一般都會邀請當事人演講，而大多數「新紮教授」都是滔滔不絕地發表他們多年的研究成果，由於他們所鑽研的項目大多都是「離地」的尖端學術，所以能夠有共鳴的聽眾少之又少。

但今次的就職演講卻是別出心裁，主人翁沒有着墨於個人成就，反而強調他個人成長的心路歷程，如何由一個打算當唱片騎師（即DJ）的中學生決志成為一個醫生，後來放棄了眾人渴望的眼科而投身腫瘤科，最後如何歷盡艱辛才達到今天的成就。

令我印象最深刻的，是他最後引用電影《一代宗師》的一句話作總結：「見自己、見天地、見眾生」。這齣電影我最少觀看了三次，但這位同事引用上述這句對白，卻令我反思行醫所為何事。

【見自己】

多年來總是最優秀的尖子選擇讀醫，不少人質疑他們的初心是否真的為了濟世為懷還是追求個人名利。回想自己小時候既羨慕那些高高在上的醫生又厭惡他們的傲慢態度，所以經常提醒自己要做個「不一樣的醫生」。有能力的人固然渴望追求卓越，但是「醫病」與「醫人」是兩項截然不同的挑戰。曾經遇過一些醫術精湛的大國手，可惜他們對醫病的熱情遠遠超過醫治病人的心。見自己，我想就是要堅持初心，不因虛榮自滿，不受利慾薰心。

【見天地】

如果一個人只是活在自己的世界裏，便很容易變成井底之蛙。學醫需要放眼天下，才明白一山還有一山高，比自己更聰明更有能力的大有人在。

多年來令我尊敬及學習的人不單是那些國際頂尖學府的專家，還有那些身處落後貧困地區仍然對病人不離不棄的仁醫。見天地，就是認識自己是如何渺小，不以權威專家自居，用謙卑的心去終身學習。

【見眾生】

究竟行醫一生可以拯救多少個生命？信佛的朋友經常提及眾生皆苦，人生無常。既然竭盡一己之力亦只能救助有限的病人，我深信行醫者應該把畢生所學傳授給後人，啟發更多立志行醫的年輕人去拯救更多受苦難煎熬的人，這才是見眾生。

行醫有如畢生修行，見自己，要毋忘初心；見天地，用謙卑學習；見眾生，以無私傳承。

二〇二二年八月二十二日

藝高人膽大？

上星期我應邀出席研究一宗醫療事故。案件中一名八十多歲老伯接受定期身體檢查，他選擇了全身電腦掃描偵測早期癌症，結果顯示內臟有一個陰影，形態似是早期的癌症。老伯雖然年事已高，但素來身體無恙，近來也沒有感到任何不適，血液化驗報告也大致正常，就是說沒有膽管閉塞或肝腎功能衰竭的迹象。

其後一名外科醫生主張他動手術，並提出以先進的機械臂微創手術切除腫瘤。可惜手術出現併發症，接駁口出現滲漏，幾星期後老伯最終因感染離世。

當日席上還有多名資深專家，有人質疑這名外科醫生對於操作這種先進機械人手術的經驗；但亦有專家指出，即使由經驗豐富的大國手操刀，這類複雜的微創手術風險也不容忽視，尤其是老人家及長期病者的抵禦能力低，很容易出現骨牌效應，一發不可收拾。

我相信問題十分複雜，關鍵不止於醫生的經驗。首先，為甚麼這個老人家以全身電腦掃描作為癌症篩查？隨着醫療科技一日千里，精準的儀器或可以偵測早期腫瘤，但有多少證據指出這種檢測方法可以延年益壽？假若他只接受定期觀察，結果又是否比動手術更差呢？

其次是醫生如何與病人溝通有關手術的風險。甚麼是風險？我覺得單靠死板的數據或機會率沒有多大意義，假若死亡率是千分之一，這數字是高抑或低實屬見仁見智。醫生可以保證他的病人不是第一千個嗎？作為盡責的醫生，我們應要小心評估每個病人的風險，然後與病人商討究竟某項入侵性檢查或手術對當事人的益處是否遠超過它的風險。如果以上的答案是明確的，我會鼓勵病人接受治療，否則我會勸阻當事人不應冒不必要或不能承受的風險。如果益處與風險參半，難以作出清晰決定，那麼我便會自問：「假若病人是我的至親，我會如何選擇？」然後坦白告訴病人我的想法。

我不認同把困難的決定推卸給病人及親屬，他們沒有醫學常識及臨牀經驗，怎可能作出合適的決定？經常聽到病人轉述醫生的一些慣常說法：「……已經把所有可能告訴你，我不能夠幫你選擇，你自己決定吧！」其實病人簽了同意書並非代表醫生免責，有承擔的醫生才會受病人尊重和信任的。

當然，醫生沒有水晶球，我們不能夠預知結果，總有機會發生事與願違的不幸情況，但是多年來的經驗告訴我，若凡事以病人利益作唯一考慮，建立互信關係，絕大部份病人及親屬並不會因出了事故便無理取鬧。

是的，做個好醫生真的不容易。我覺得「精湛醫術」不等同「藝高人膽大」，後者比較適用於高空踩鋼線，因為掉下來的是自己而不是病人。

「仁心仁術」不只是開業賀詞，而是凡事為病人着想的行醫態度。

二〇二二年九月十二日

我們的下一代

上星期四，我出席了香港中文大學善衡書院的一個獎學金面試。這獎學金的目的是資助品學兼優的醫科生未來六年到海外交流及參與人道救援工作。今年參加選拔的同學有不少是應屆狀元。當日面試題目範圍十分廣泛，除了個人抱負外，還有生命倫理、俄烏戰事、社會政策、領袖質素及人際關係等。

一般人以為讀醫的同學都是尖子，不免有點趾高氣揚。但出乎意料，這些同學雖然成績優異，但沒有半點恃才傲物的態度。還記得一名同學對我們說：「其實每個讀醫的同學都是中學第一名，但這都是過去式，以為自己高一等是不可能有進步的。」

當談及個人抱負，我欣賞每個同學都懂得要時刻提醒自己毋忘初心，因為他們明白現實世界總有太多際遇，容易令人放棄理想與原則。

讀醫的學生只顧書本、活在象牙塔裏嗎？其實他們都關心世界動態及社會時事。我喜見不同的學生有不同的見解，這正是我們需要建立的共融社會，讓持不同意見的人懂得彼此包容。

我感到最有趣的話題是要他們思考如何面對複雜的人際關係，例如如何和好大喜功的上司及不合作的同事相處。可能他們仍在求學階段，未必想像到職場中的勾心鬥角、爾虞我詐，但難得的是他們明白現實工作環境中一定有不理想的情況出現，但都抱持非常正面的態度，願意嘗試和不同的人合作和相處。

這次面試令我相信我們的下一代並不是溫室長大的小花。他們知道今天社會面對的困難和挑戰，但仍然選擇留下。我相信這些優秀的年輕人在成長的過程中需要好榜樣。就讓我們以身作則，在學醫的路上與他們同行，栽培更多仁心仁術的醫生。

二〇二二年十月十七日

不一樣的遭遇

隨着社交距離政策放寬，我們一班中學老同學終於可以敍舊。可能我是醫生，每次見面的話題總離不開醫療。席上兩個老同學分享他們陪伴親人複診的經歷，在同一樣的醫療制度下，但卻有不一樣的遭遇。

多年來，我這兩個同學都定期陪伴年紀老邁的父母到醫管局轄下的專科診所複診。阿強（化名）的媽媽患有冠心病、糖尿病及高血壓，每天要吞十多粒藥丸，而每次複診前都需要驗血和驗尿。加上強媽的記憶力差，經常弄錯藥丸，照顧她的確不容易。

上個月阿強又陪伴強媽複診，一如既往，每次都遇上不同醫生。由於強媽的糖尿指數欠佳，醫生翻查她的舊紀錄後皺皺眉頭，便改了她好幾種藥物，並強調這些藥物需要一段時間調整份量。阿強聽後感到擔心，便問：「醫生，你可否往後一段日子跟進我媽媽的情況嗎？我擔心不同醫生會有不同做法，她的記憶力又不好，容易出錯。」

那名醫生卻冷冷地回應：「公立醫院沒有提供你要求的專人服務，所有病人都是平等的，不能夠優待你的媽媽。」阿強嘗試請他考慮強媽的特別情況，但那醫生竟然說：「如果每個病人都認為自己的情況最複雜，那麼我是否需要為所有病人提供特別照顧？」

說到這裏阿強十分慨嘆，便對我們說：「如果我有本事的話，便帶阿媽到私家醫院，以後再不用受此冤屈氣！」我邊聽邊冒汗，只盼這名醫生不是我的學生！

另一個同學阿國（化名）卻有不一樣的遭遇。他也經常陪伴國媽媽複診，有一次阿國也向一名年輕醫生提出類似阿強的要求，但這醫生卻懂得病人及家屬心理，便和顏悅色地回答：「我很明白你們的擔心，亦會盡量親自為婆婆跟進。只是的確有很多病人，我亦不敢承諾甚麼，但我已經在記錄上註明你們的要求，我盡力而為吧！」

阿國對我們這班老同學說：「這名醫生仔真好！雖然我媽媽只是每兩至三次複診才能再遇上他，但我們已心滿意足了，正所謂互相體諒嘛！」

我們在公營醫療機構服務，經常以「繁忙」為理由去辯解為何我們難以令病人及家屬感覺得到悉心的照顧。但從以上兩個例子看來，重視病人的感受未必一定需要花上很多時間。同樣是工作壓力大，同樣是只有幾分鐘，其實我們絕對可以選擇給病人怎樣的感受。一念天堂，一念地獄，要給予甚麼感覺完全掌握在我們的心。當然，醫生也是人，我們也有情緒，但是「專業精神」就是要懂得把專業操守淩駕個人情緒之上。我也相信「近朱者赤，近墨者黑」，究竟要「以身作則」抑或做「反面教材」，我們對年輕一代的醫生實在影響深遠，值得我們每名行醫者深思。

二〇二二年十月三十一日

誠信何價？

最近兩個星期，新聞連番報道有幾位醫生因涉嫌濫發「免針紙」被捕。雖然還未經審訊，不宜妄下斷言，但表面證據的確令人感到驚訝及嘆息。假如案件屬實，這些行為又反映了甚麼問題呢？偶爾新聞也會報道醫委會懲處一些醫生失德的行為，例如發出失實的病假紙；但是發出數以千百計的「免針紙」這般誇張程度的案件，實在是極之罕有，甚至聞所未聞。

我希望濫發「免針紙」的醫生只限於極少數。然而越來越多社會聲音批評不少醫生事事向錢看，情況實在令人關注。我也認識一些愛「財」若渴的醫生，但他們也有行醫的底線，就是不會為了金錢而把市民大眾的健康置之不理。

如此說來，這些濫發「免針紙」的醫生究竟在想甚麼？有人懷疑他們學醫時缺乏醫德的培育；有人認為這些醫生是趁火打劫，不顧社會大眾利益；亦有人覺得這些醫生受不了金錢誘惑，因為實在還有很多人不願意打針，於是找醫生尋求逃避的方法。對某些人來說，向那些醫生買「免針紙」可能只是各取所需。我尊重那些選擇不接種疫苗的人士，但以假的「免針紙」作為解決方法，我卻絕不能認同。不論真正原因是甚麼，為了貪圖金錢而失去誠信是行醫所不能接受的。

前幾天是中大醫科新生的白袍典禮，在家人及師長見證下，三百名未來醫生穿上白袍，承諾他們終生以服務社會大眾為己任。他們的誓言並非信口雌黃、人云亦云，因為這件白袍既輕且重，它所承擔的責任是一生一世的。當日不少父母激動得淚流滿面，我們為人師表，肩負栽培下一代醫生的責任千斤重。

也許濫發「免針紙」一事只是個別不良醫生的問題，但在市民心目中，醫生的公正及崇高專業形象已亮起警號。我們不能保證每個醫科生他朝必定濟世為懷，只望我們一日為師，都仍然竭盡所能，以生命影響生命去栽培下一代，令市民大眾的生命及健康有所保障。

二〇二二年九月二十七日

今天的我打倒昨天的我

「陳教授，這個病人的病理化驗報告竟然前後矛盾！真的無所適從！」一大清早，一位年輕醫生跑到我的辦公室向我投訴。

大約三年前，一位七十多歲的病人患上萎縮性胃炎（atrophic gastritis），因為他的胃黏膜化驗報告顯示嚴重的黏膜腺體萎縮，當年病理科醫生認為胃部病變的原因是幽門螺旋桿菌感染的後遺症。由於這個情況有可能導致胃癌，所以醫生建議他每年接受胃部內窺鏡檢查，希望可以及早偵測更嚴重的胃癌前期病變。

可是最近一次的化驗報告卻推翻以往的結論，病理科醫生認為這位老伯是患上自身免疫性萎縮性胃炎（autoimmune atrophic gastritis），與幽門螺旋桿菌感染無關。雖然化驗報告修訂了胃部黏膜病變的成因，但是治療方案卻沒有因此而起了翻天覆地的改變，這位老伯還是需要定期進行內窺鏡檢查以預防胃癌。

「陳教授，為甚麼病理報告竟然出現如此前後矛盾的情況？病理科醫生怎可能以今天的我打倒昨天的我？這些報告還可信嗎？」

看着這位年輕醫生，我便回答說：「我們行醫凡事必須小心謹慎，但人並非電腦，只要有人為判斷便有機會犯錯。就以萎縮性胃炎為例，幽門螺旋桿菌感染及自身免疫系統毛病都是兩種主要成因，而且幽門螺旋桿菌感染亦有可能引發胃黏膜出現免疫系統毛病，形成持續發炎的情況。所以兩者有相當類似的地方，不同時期分析病變情況有可能導致不同的結論。」

其實行醫經常需要面對不少灰色地帶，不同的醫治方案往往是觀點與角度的問題。既然總有機會是自己的判斷有所偏差，行醫者又是否願意放下面子與個人執着，持開放態度接納不同的意見呢？當然，責任最終還是要自己承擔，我相信醫生是應該把病人利益淩駕個人榮辱之上。

有人說得好：「今天的我，就是為了打倒昨天的我。真正的強者，不是為了壓過別人，而是持續超越自己。」有勇氣承認錯誤、與時並進才是真正的強者。

二〇二二年十月十日

以身作則

上星期我參加了一個醫學教育論壇，目的是討論如何栽培下一代醫生。這是一個重要且迫切的問題，香港的公營醫療系統長期缺乏醫生，雖然過往幾年已不斷增加學位，可是培養一個醫科新生成為剛剛合資格的專科醫生需要十三年。而未來的日子，無論在醫學知識、科技、社會環境以至醫療政策將會有頗多改變。究竟我們如何因應這些因素而修改醫學培訓策略實在是一項莫大的挑戰。

當日出席論壇不乏資深教育家及掌管醫療服務的高層人士，他們提出多項重要建議，包括加強基因醫學、人工智能及大數據的教育；亦有人提出增強家庭醫學培訓，避免病人輪候過多不必要的專科門診。

這些都是與時並進的重要建議，但我不禁想：「除了灌輸嶄新的知識及技術給新一代的醫生外，究竟我們的社會需要甚麼質素的醫生呢？」我相信無論時代如何改變，所有病人都渴望他們的醫生不單懂得醫病，還有一顆仁心。隨着科技一日千里，我們更需要仁心仁術的醫生，因為科技或人工智能永遠不能醫治病人的心靈。

可惜現代醫學教育較少強調如何培訓「仁醫」，因為「仁心仁術」沒有客觀量度標準，不容易量化訓練了多少個好醫生。雖然如此，我仍深信「學醫其實是學做人」，學做人是需要不斷地觀察及仿效前人。香港有很多資深醫生，但我們願意以身作則去感染年輕一代嗎？

當自己還在學醫年代，我慶幸有多位良師益友影響我的生命；同時我亦感謝那些「反面教材」，因為他們的行事為人提醒自己千萬不要重複他們的錯處。

今天我們願意讓年輕一代的醫生以自己為榜樣嗎？

二〇二三年一月十六日

認錯難，難認錯

我喜愛懷舊歌曲，上星期偶然找出一個已封塵的紙箱，內裏竟然保留着少年時收藏的黑膠碟，全都是我深愛的中外歌手，真是喜出望外！當中有 Elton John 的精選集，每首都是經典金曲，其中一首 Sorry seems to be the hardest word 更是百聽不厭。

這首歌的內容是描述一段無法修補的愛情，要說一句「對不起」實在太困難了，因為歌手覺得已經太遲，一句「對不起」不能改變分手的厄運。同時他又暗示感情決裂並不完全是他的錯，所以表面上似乎是一句簡單的「對不起」，他都覺得難以啟齒。最終一段曾是甜蜜的愛情便從此灰飛煙滅。

在現實世界裏，要衷心説一句「對不起」真的十分困難嗎？當我還是一個醫科生，老師教導我們人為犯錯無可避免，所以除了凡事小心謹慎，我們還要有認錯及承擔責任的勇氣。行醫多年我也犯了不少錯誤，幸好身邊有一個優秀的團隊，大家互相提點，彼此互補不足，減少了很多鑄成大錯的風險。縱是如此，我經常要向同僚、下屬、病人及親屬認錯，因為沒有他們的包容，我不能夠繼續帶領我的團隊，也不能取信於我的病人及家屬。

可能時代變了，現今每講一句話都變得愈來愈小心，凡事都抱着一種「我已經通知你」、「我已經盡了責任」、「錯不在我」的心態。曾幾何時，年輕一代竟被灌輸一套歪理，教導他們不可隨便認錯，以免惹上法律責任。直至最近這個「不可隨便認錯」的歪理才被推翻。

我相信認錯不是弱者，只有強者才有勇氣及能力承擔責任，從錯誤中學習，在將來可以做得更好。若然我們堅持自己沒有錯，或覺得衷心認錯是「這個太難」、「這個不好說」，我們的社會只會不斷退步。

二〇二二年三月二十八日

毋忘初心

上星期四是中大醫學院完成培訓一批年輕醫生的大日子，二百二十多名醫科生經過六年的栽培，由當年的小伙子變成了準醫生，當中所付出的汗水及淚水是不足為外人道。

醫科生必須經過嚴格的專業考試才可以成為見習醫生，正所謂「過五關、斬六將」。身為老師，我們總是把畢生所學傳授給這批未來醫生。教學生，不單是傳授武功，而是讓他們「聽其言、觀其行」，很多醫術精湛的大國手或是時間所限、或是覺得責任太大，都不願為人師表。

專業考試極之嚴格，即使大學或醫委會並沒有要求我們每年邀請海外專家作評審，但為了保障廣大市民的健康，確保中大醫科生具備國際水平和質素，我們每年都堅持邀請來自全球頂尖學府而且聲名顯赫的醫學教授來考核醫科生。雖然考試嚴謹，每年絕大部份醫科生都會順利畢業。除了本地專家，今年我們還邀請了來自美國、澳洲及愛爾蘭的專家作考官。還記得當日那幾位來自海外的學者對我們的畢業生大加讚許，這是對本地醫學教育質素的肯定和認同。

不少人覺得學醫難，以為需要背誦很多複雜的課本或醫學名詞。其實現代科技先進，例如３D圖像、電腦數據分析等，加上互聯網有大量醫學資訊，需要「死記硬背」的硬知識已愈來愈少，所以記憶力好的同學未必在讀醫上佔優勢。

那麼學醫難，難在甚麼地方？第一、要勝過自己並不容易。能夠讀醫的學生中學年代必然是名列前茅，不會甘願「符碌」升班。當人對自己有要求，內心那份壓力便會揮之不去。要輸得起，才能夠勝過自己，將來才有能力面對更大的挫折。

第二、學做人難。醫生不單要面對疾病及生死，更要學習聆聽與溝通，因為每個病人都是獨一無二的。對於一班初出茅廬、缺乏人生閱歷、甚至是溫室長大的年輕人來說，真是談何容易？學醫，其實是學做人，必須終身學習。

離開校園，每個畢業生往後的際遇也不一樣，常言道：「近朱者赤，近墨者黑。」毋忘初心，就是要堅持一般看似缺乏經濟效益、沒有客觀指標量度的行醫情懷。

二〇二三年四月二十四日

現代醫療的挑戰

經常有病人向我訴苦，覺得好醫生難求。我行醫三十多年，見盡不少醫生和病人。捫心自問，我並不認為現今仁心仁術的醫生比以往少，只是社會環境改變了，令醫生與病人的關係起了根本的變化。

還記得小時候，我經常跟隨媽媽輪候「街症」，大清早太陽還未升起便要從觀塘趕往油麻地健康院排隊，每次都要花上三至五小時才見到醫生。當年科技落後，沒有「病人看醫生，醫生看電腦」的毛病，醫生本應有更多空間去了解病人的情況，可是我的記憶告訴我，當年的醫生很多都沒有耐性向病人解釋，更不用說關心病人。「排隊三個鐘，睇病三分鐘」並不只是今天的問題。雖然如此，那些年鮮有聽聞病人投訴醫生這回事。

為甚麼？在沒有互聯網的年代，醫學知識是醫生的專利，醫生的說話是神聖不可侵犯，病人對醫生的信任或容忍程度更創歷史新高。醫生與病人在這種不對等的關係下，偶爾出現一位仁心仁術的醫生便有如恩同再造，這是我們父母年代的普遍心態。

隨着醫學知識普及，加上社會對醫療質素的要求愈來愈高，醫生的意見由當年「一錘定音」變成「只是提供參考，病人自己決定」；加上AI高速發展將會逐步取代醫生某方面的工作，包括初步診斷、非入侵性化驗等，要保持良好的醫患關係，醫生再不能覺得自己高高在上。

可是現今醫療企業的管治文化側重KPI（Key Performance Indicator），例如縮短輪候時間、減低來自系統的失誤、嚴守程序及指引等，令醫護變成大機器裏的小齒輪，正所謂「多做多錯，少做少錯，唔做唔錯」。久而久之，這種「去人性化」的管理令「醫人變成醫病」，增加了醫患間的互不信任，亦埋沒了不少初心，加劇了公營體系的流失情況。

要扭轉這個困局，我們應重新檢視現今的管治文化。領導層勵精圖治的決心毋庸置疑，可是架牀疊屋的中層管理往往只會「層層加碼」，如何做到「多點人性、少些程序」，的確是一場持久的改革戰。

醫生更要發揮不能被科技替代的質素，尤其是對待病人的態度。一個關心的眼神、一句真心的問候，不會令行醫者百上加斤，反而贏得病人的尊重。

二〇二三年四月十日

我知道了，不用檢查

剛過去的週末，一位好友帶了他的朋友到我家，希望我可以聽聽他的故事。

當事人（佯稱王先生）是一位五十多歲的男士，幾年前醫生診斷他患上了心臟三尖瓣反流，由於血液循環受阻，導致水腫及腹腔積水，情況嚴重的話更可能出現肝硬化。病情輕微的患者可以靠利尿劑控制水腫，可是這些藥物對王先生的幫助並不明顯，見面當日他的雙腿已腫脹至膝蓋，而他的肚子有如懷了雙胞胎的孕婦般巨大，那種辛苦不適的感覺可想而知。

我感到有些意外，便問他：「醫生不知道你的情況嗎？你需要入院『放水』，另外你的三尖瓣反流也可能需要心臟介入治療。」

於是王先生便告訴我過往的一些經歷。他大約每三至四個月才到專科診所複診。近幾個月王先生的水腫似乎轉差了，大約兩星期前終於等到複診。當日他急不及待地對醫生說：「醫生，我的雙腿腫脹得很厲害，除下褲子讓你看看好嗎？」那位醫生卻氣定神閒地回答說：「我知道了，不用檢查。」他邊說邊專注着查看電腦紀錄。王先生便繼續問：「近來我的肚子也大了很多，你需要看看是否出了問題嗎？」那位醫生卻給他類似的答案，說：「由於腹水積聚，所以肚子會變得越來越大，並沒有甚麼特別，不用檢查了，我加重利尿劑的份量便可以了。」

王先生感到焦慮不安，於是便繼續要求：「醫生，我的近況比以往明顯地轉差了，連肚臍也凸了起來，是否肝腎等器官起了甚麼變化？請你給我檢查一下，以防萬一，好嗎？」那位醫生很冷淡地回答：「你這種情況十分普遍，我每天都處理很多類似的病例，病情比你更差的大有人在，為何大驚小怪？」

王先生再三追問：「如果服藥後仍沒有改善怎麼辦？要等待下次複診嗎？」那位醫生只繼續凝望着電腦，向他說了一句：「有問題的話可以隨時到急症室。」

王先生嘆氣道：「陳教授，我不是不相信醫生，等待了幾個月才回來複診，只是希望醫生多點留意我的情況，我的要求真的不合理嗎？你們醫生的眼睛真是稍微離開電腦的一點點時間也沒有嗎？」

隨着醫療科技發展一日千里，或許有些醫生認為傳統的問症及臨床檢查只是浪費時間，化驗或掃描更能有效找出問題。我認為精準醫學或有助診斷疾病，但它絕不能取代醫治病人的心。我們可能處理過無數相同的案例，但病人並不等同案例，因為每個病人都是獨一無二的，盼望行醫者不要忘記用他的心去醫治患病的人。

二〇二三年四月三日

帶健康和希望給下一代

大清早我返回中大醫院為病人進行內鏡手術，趁還有十五分鐘，我便跑到醫院的咖啡店。正當我要享受每天不能缺少的 americano 之際，一位陌生女士對我說：「你是陳教授嗎？」我點了點頭，她便問：「中大研發的益生菌配方對自閉症有幫助嗎？」我感到有點突然，雖然不明白她的來意，我仍是把科研的實情告訴她：「目前的數據顯示，我們研發的微生態配方對腦部發育、情緒及睡眠有正面作用，但團隊還需要一段日子才可找出改善自閉症的益菌組合。」在交談下，發現原來她有自己的故事……

這位女士以往在一所很有名氣的律師樓擔當行政人員，可惜自從醫生診斷她的兒子患上自閉症後，她的人生便起了很大的變化。

「起初他的脾氣很大，經常追打身邊的同學，老師多次向我投訴。起初我也不明白原因，其實他的數學成績也不錯。其後向醫生求診，才確定他患上了自閉症。由於他不能夠適應傳統學校，我惟有把他轉到一間有特殊支援的學校。」說到這裏，她的眼眶也不禁紅了起來。雖然如此，老師仍建議她要多花時間照顧兒子，於是她便毅然辭去了令人艷羨的事業，專心照顧兒子。

過去兩年，她每天親自接送兒子往返學校，還定時帶兒子見專家及參加特別課程。她說：「如果有機會改善他的情況，無論是傳統或是另類療法，我也會給他嘗試。」為了讓兒子得到合適的治療，她已花費不少積蓄。如今兒子的情緒及行為逐漸穩定下來，這位女士正努力地為他尋找主流學校，希望他能融入社群。

「只要兒子能夠健康發展，甚麼犧牲也是值得的。陳教授，希望你能早日研發成功，幫助這些小朋友……」這位女士無助又無奈的眼神至今依然歷歷在目。

當子女的健康現出問題，父母所承受的壓力及焦慮是筆墨難以形容的。身為醫者，我們固然會盡心盡力醫治病人，可是有很多疾病醫學界至今仍是束手無策，我們必須致力透過科研和教育，將健康和希望帶給我們的下一代。

二〇二三年三月六日

我患上了「腸漏症」？

一名四十多歲女士首次求診，她在律師樓工作，近幾年受着一些健康問題困擾。首先，她經常感覺肚痛及腹瀉，很多生活飲食習慣都需要改變，例如要避開至愛的下午茶、甜點、魚生等。醫生診斷她患上了腸易激綜合症。此外，醫生更發現她有脂肪肝，膽固醇及血糖也偏高，不謹慎的話便容易導致肝硬化及冠心病。

求診當日，她拿着《哈佛健康雜誌》（*Harvard Health Publications*）及克利夫蘭醫學中心（Cleveland Clinic）的文章來問我：「陳教授，我是否患上了『腸漏症』，令我出現這麼多的健康問題？」

甚麼是腸漏症（leaky gut syndrome）？

它是一種近年新興的醫學理論，簡單來說，就是腸壁滲漏，讓致敏原、有害細菌及毒素等從腸道進入體內。這些外來物質刺激腸道黏膜慢性發炎，引發腸易激綜合症甚至炎症性腸病。當這些有害物質隨血液流竄全身，便有可能影響多個器官。動物研究發現腸漏症與脂肪肝、糖尿病、過敏症、哮喘、情緒病及慢性疲勞綜合症有着密切的關係。

人體的腸壁由細胞組成一層保護膜，面積多達四平方米，它的主要功能是防禦外來有害物質入侵體內。然而這保護膜並非密不透風，細胞與細胞間的縫隙有如入境海關一般，控制有益及有害物質進入我們的血液。當這些縫隙過大或穿洞，便有可能出現上述疾病。現今研究指出很多環境因素可能導致腸壁滲漏，例如高糖、高脂、低纖維的食物，還有酒精、食品添加劑、情緒壓力及腸道微生態失衡等，都會引發或加劇腸漏的現象。

回應當日這名求診的女士，我向她解釋至今「腸漏症」仍是一種流行的醫學理論，我們還需要很多臨牀研究才可以確定它在多種疾病所扮演的角色。雖然我們可以在實驗室量度腸道是否出現滲漏及其嚴重程度，但這些科學技術暫時不適宜應用於臨牀診斷。科學家正研究如何修補這些腸壁上不正常的裂縫，並透過減少腸壁滲漏去改善健康。無論如何，現今醫學已指出腸道健康不單是為了改善消化功能，並且是預防多種疾病的關鍵。

二〇二三年三月二十七日

不一樣的鹹蛋蒸肉餅

過去一星期所要面對的挑戰有如排山倒海，幾乎沒有喘息的空間。對於很多人來說，更繁忙的工作也總有放工的時候，放工後便暫把煩惱抛諸腦後，留待明天再戰江湖。

可是工作往往不只是流水作業那麼簡單，要解決難題或追求理想，我們需要日夜苦心經營，甚至茶飯不思。大腦可以休息的空間愈來愈狹窄，要偷得浮生半日閒又談何容易？

執筆那個晚上，又經歷了另一個「碧血長天」。一大清早便不斷「搶灘」，完全沒有喘息的機會。下午跑回威爾斯醫院應診，這是我每星期最期待的時間，因為這是我由院長變回醫生、照顧病人的時間。

大約下午四時，一個我照顧多年的病人回來複診。她的情況穩定，我建議她幾個月後才回來。臨離開診症室時，她忽然對我說：「陳教授，見你面青口唇白，好像沒有吃飯。」我苦笑地回應：「今天很忙，還沒有機會醫肚。」她便從袋裏取出一盒東西放在我的桌上，笑笑說：「這個很好吃的，趕快吃完然後繼續努力吧！」細心一看，它叫甚麼「火山鹹蛋蒸肉餅」。打開了盒子，雖然找不到火山，但卻散發着一份暖在心頭的人情味。

有時候，工作壓力的確令人心力交瘁，疲倦得連頭也抬不起。幸好生命中偶有這些小天使，飛來作我的心靈加油站，讓我可以爬起來再戰江湖！

二〇二三年二月十三日

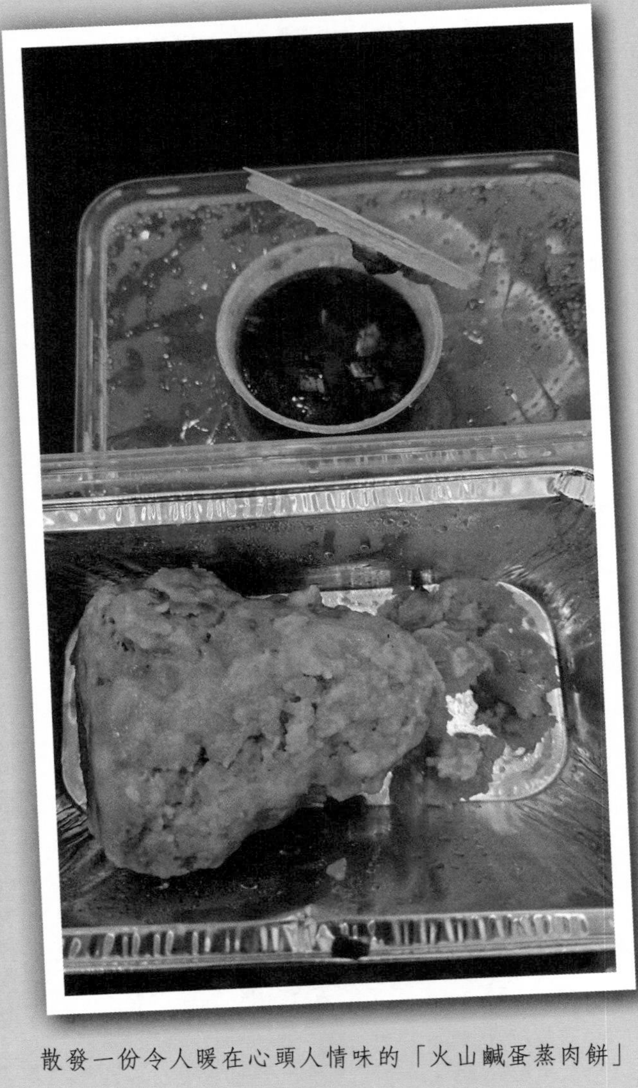

散發一份令人暖在心頭人情味的「火山鹹蛋蒸肉餅」

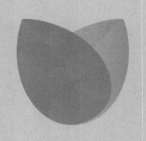

不懈

漫漫科研路

誰主命運？

過去二十多年，有關人類基因的科研帶來醫學上很多突破。可是基因是父母遺傳給我們的，而改造基因所涉及的法律及道德問題亦非常複雜，這也是人類基因科研的重大挑戰。要改變命運，我相信要從認識腸道微生態開始。人的身體內有人體細胞和微生物的細胞，當中人體細胞只佔全身體細胞總和的十分之一，而人體基因更是寄居於我們身體的細菌基因的百分之一，所以我相信腸道微生態才是人類身體的真正主人。

法國哲學家笛卡兒提出「我思故我在」。大腦似乎主宰我們的生存意義，但愈來愈多科學證據指出我們的思想及行為其實受着腸道微生態影響。例如有研究指肥胖人士與纖瘦人士的腸道微生態非常不同。前者的細菌不單促進腸道吸收功能，它們還會透過改變大腦接收的信息，令肥胖人士常常覺得有進食的慾望。中大醫學院腸道微生態科研團隊發現，腸道細菌移植可以改善腸道微生態失衡，令個別肥胖人士的體重下降，並且改善膽固醇及血糖，進一步確認腸道微生態的重要地位。

除了肥胖、糖尿病及膽固醇，也有很多研究指出腸道微生態會引致或加劇多種情緒病，包括抑鬱症及兒童自閉症。有些外國數據更顯示，可透過調節腸道微生態改善情緒問題。中大醫學院最近也有研究指出，自閉症兒童相對其他兒童缺乏一系列細菌。我們有理由相信，透過處理腸道微生態失衡，有助改善以上的情緒問題。

現今市面上的益生菌有效嗎？市面上益生菌產品五花八門，但卻沒有充足的醫學數據支持，不少產品連基本的成效數據也沒有。這些商品經常標榜有數百億益生菌，但這些細菌往往沒有改善健康的效力，而且壽命短暫，不能夠長久儲存，在貨架上存放待購的過程中已流失了不少。溫度或濕度稍高，也會令活菌量下降。此外，只有極小量的活菌能夠抵禦胃酸而到達腸道。因此，很多益生菌產品都不能夠有效改善腸道微生態失衡。值得留意的一點，不是所有益生菌都有效提升免疫力，因為生活及飲食習慣會改變腸道微生態，所以適合歐美人士的益生菌對亞洲人未必有幫助。

不同的情緒疾病，它們各自所缺乏的細菌組合都很不一樣。所以我們需要針對性地處理問題。醫學界正努力透過更多研究及數據，希望為不同的情緒問題找出不同的處方。

二〇二〇年十月五日

「醫生，唔照腸得唔得？」

「醫生，可唔可以唔照腸呀？」「飲瀉水好辛苦㗎！」「驗大便隱血無嘢就唔怕啦？」「聽講可以驗血量度癌症指數？」「我怕生cancer，但我怕照腸又麻煩又辛苦……」以上都是很多市民對預防大腸癌望而卻步的一些原因。

眾所周知，大腸癌是香港最常見的癌症，每年新症超過五千宗，而死亡率亦是所有癌症中位列第二。大腸癌可以透過篩查，作預防或及早治療。大腸鏡固然是最準確，可是一般人害怕入侵性檢查，而且厭惡洗腸，因此未能普及使用。

大便隱血測試準確嗎？隱血是指大便有肉眼看不見的微量血液，從而推斷是否患上大腸癌。可惜要腫瘤出血才會測到隱血，所以隱血測試的準確度只有七成左右；假陽性也經常出現，例如患有痔瘡或服用亞士匹靈的人士，都有可能出現假陽性，令患者虛驚一場。此外，我們知道瘜肉是大腸癌的前期，但瘜肉通常都不會出血，所以大便隱血測試不能檢測到瘜肉。

驗血液癌症指標可信嗎？CEA 指數是一個已經採用了幾十年的所謂大腸癌指標，可是以 CEA 預測大腸癌，其準確度有如「擲公字」！我對這個指數非常有保留。

市面上也有不少癌症基因產品，有些產品提供過百個癌症基因，但利用這些基因去預測腸癌發病幾率往往不切實際，因為帶有某些基因不代表你真的有大腸癌。

近年來一個新的測試，是從血液中量度大腸癌釋放的 DNA。美國已批准應用這個生物標記，可是它診斷瘜肉的準確度未如理想，成本更高達六千多港元。

中大醫學院的腸胃科團隊發現，透過檢驗糞便內的細菌組合，可以判斷患大腸癌及瘜肉的風險，準確度比驗血或大便隱血更高。

大腸癌的形成，除遺傳因素外，環境的影響其實更重要。隨着飲食習慣變得西化，紅肉、加工肉和醃製食物愈來愈普遍。我們發現長年累月進食這些食品，容易導致腸道微生態失衡，致癌細菌增加，反之抑制癌病的好菌會減少。在如此失衡的情況下，腸道便會長出瘜肉或甚至演化成大腸癌。

中大的科研團隊發現，透過分析糞便的腸道微生態，可以檢測出大腸癌，準確度超過九成；更可以偵測大腸瘜肉，準確度也超越八成。利用這項嶄新技術，我們可以更準確地預測瘜肉及大腸癌，減少不必要的大腸內窺鏡檢查，亦可以縮短大腸鏡的輪候時間，讓高風險人士受惠。

既然腸道微生態失衡是導致大腸癌的重要原因，將來我們可以透過改變腸道細菌組合和比例，令腸道變得健康，有機會降低大腸癌的風險，從而改變你的命運。

這些研究的成果，是中大醫學院腸胃科團隊多年來的努力，有望於明年提供給廣大市民，期望可以惠及香港，以至其他地區的人士。

一直以來，香港都被視為以金融為中心的城市，科研似乎不是本地的強項。事實上，香港有很多傑出的科研人才默默地日以繼夜工作，他們的科研成果為生活及醫療帶來劃時代的貢獻，甚至革命性的改變。

我為香港有這樣的科研成果感到驕傲，也極之珍惜這群默默耕耘的科研人員。隨着社會更多討論科研發展，期望有更多年輕人加入這個行列，繼承前人給我們奠下的優良基礎，並發揚光大。

二〇二〇年十一月十六日

疫苗不能預防的問題

正當全世界熱切期待疫苗早日面世，我們有否想過還有很多疫苗不能預防的長遠問題？

過去大半年我們都過着非常謹慎的日子，經常清潔雙手、消毒家具、小心飲食。無可否認，注重個人衛生可以大大減低染上新冠病毒及流感的風險，但是絕對清潔的環境對於我們的健康，尤其是兒童成長也可能帶來新的問題。

醫學研究指出，環境衛生及飲食習慣直接影響嬰兒的腸道微生態，而很多兒童健康問題例如濕疹、哮喘、肥胖、自閉症、一型糖尿病、克隆氏症等，都與腸道微生態息息相關。有趣的現象就是這些問題往往發生於

「非常注重衛生」的家庭。上一代環境衛生欠佳，我們經常以「大菌食細菌」為藉口，掩飾不衛生的飲食習慣。近年研究指出，上一代兒童雖然衛生環境差，但他們卻因此形成了更全面的腸道菌群（microbiome with good diversity），令免疫系統變得更成熟，從而減少以上疾病發生的風險。研究也發現，自小經常服用抗生素的兒童會增加患上肥胖、濕疹及其他免疫系統疾病的風險，因為抗生素會減低腸道菌種的多元化，再次引證腸道菌群對健康的重要。

兒童的飲食習慣也與腸道菌群息息相關，現今很多食品加了大量的乳化劑（emulsifier），例如雪糕、鮮奶、沙律醬等等，目的令食品的色香味更吸引，但研究指出這些乳化劑令腸道微生態失衡（dysbiosis），引致腸道發炎及免疫力下降，增加了很多慢性疾病的風險。

生活質素及環境改善，表面上減少了某些疾病，例如營養不良、瘟疫等，但取而代之的卻是愈來愈多的「富貴病」。在全球新冠病毒的威脅下，我們變得更注重個人衛生，可是長期生活於非常衛生的環境下，我們便失去了「大菌食細菌」的機會，維持我們健康的多元化腸道菌群便因此受到削弱，人類有可能要承擔長遠的後遺症。

在未來的日子，我們更需要保護及改善腸道菌群去預防及醫治疾病。

二〇二〇年十二月二十一日

大腸影響大腦

現今全球約有三億五千萬人不幸患上抑鬱症及其他情緒問題。最近一個研究再次指出這些人的腸道微生態出現嚴重失衡，並發現四十多種細菌可能導致情緒失調甚至抑鬱症。這研究結果於美國受廣泛報道，引起公眾關注。大家可有想過，究竟誰主宰我們的思想？常言道，「思想主宰命運」，我們可以從調節腸道微生態而改變命運嗎？

其實腸道微生態影響我們的思想及大腦運作，並非是今日才發現的事實。過去也有不少研究指出，把抑鬱症或精神分裂患者的糞便放入老鼠的腸道，牠們便出現類似的徵狀。為甚麼？原來細菌及病毒會分泌某些化學物質（neurotransmitters），影響大腦的運作。當腸道微生態失衡，大腦便受着失衡的化學物質影響而引發不同的思維反應，可能導致或加劇抑鬱徵狀。

更有趣的研究發現，某些細菌組合可增加令我們感覺「開心」的化學物質，從而對抗抑鬱症，其作用與抗抑鬱藥類似。香港中文大學的腸道菌群研究團隊透過腸道微生態移植，可以改善個別人士的抑鬱徵狀及小童的情緒行為問題，進一步指出微生態可以直接影響我們的思想，為廣大的患者帶來一線曙光。

預防勝於治療，如果我們的孩子自小已建立多元化的腸道微生態，我相信下一代可以變得更健康更快樂。初生嬰孩的腸道有如一頁白紙，研究指出自然分娩、餵哺母乳、避免不必要的抗生素及減少含乳化劑的食物，可以建立健康的微生態，從而減低多種慢性病的風險。

對於成年人來說，要改善失衡多年的腸道微生態並非易事。我們的科研團隊發現近四成香港人出現中等至嚴重程度的腸道微生態失衡。最近我們分析了一群十分注重個人健康、經常服用健康食品的人，發現他們的腸道微生態失衡不但沒有改善，反因腸道有太多作用不大的所謂益菌而變得不夠多元化。其實不是所有標榜為「益菌」的都對人體有作用。我個人認為這些追求健康的人只得到一個假象，疾病的威脅並沒有減少，一個平衡的微生態更為重要。

現今科學家正努力不懈，針對腸道微生態失衡研發更有效的配方。相信於可見的將來，我們可以針對不同程度的微生態失衡而對症下藥。利用大數據研發的配方可以幫助一般市民大眾，對於患上比較複雜或嚴重疾病的人，腸道微生態移植將會成為他們的希望。

二〇二〇年十二月二十八日

增強疫苗成效

新冠疫苗成為每日新聞及茶餘飯後的重點話題，例如疫苗究竟效用多少？哪一個生產商較可信？副作用出現的幾率有多大？縱是安全有效的疫苗，也並不是對每個人的成效都一樣。其實許多研究已經指出，多種因素包括年紀、性別、疾病、遺傳、嬰兒成長環境、運動、吸煙、腸道微生態等，都直接影響多種疫苗的成效。而比較容易改善的，就是一些後天及人為的因素。

以往我曾提及餵哺母乳的益處，多項研究發現，母乳比奶粉更有效提升嬰兒接種不同疫苗後的抗體反應。社會應該提供更多空間及合適環境，鼓勵婦女多用母乳餵哺嬰兒。

研究亦指出運動可提升疫苗對製造抗體的反應，而運動的成效對於年長人士更為明顯。一項研究發現六十歲以上的人，每星期三次、每次二十分鐘帶氧運動，可提升流感疫苗的效力。相反，吸煙卻減低多種疫苗刺激身體製造抗體的能力。

在眾多可以改變的因素中，腸道微生態對疫苗成效的研究算是最多的。不是所有益生菌都可以提升免疫力，多項研究指出 Bifidobacteria、Lachnospiraceae 及 Ruminococcaceae 能夠提升身體對多種疫苗的免疫系統反應。

這是否代表服用以上的益生菌便可以提升我們的免疫力？不是這麼簡單的。第一、Bifidobacteria、Lachnospiraceae 及 Ruminococcaceae 代表三個不同家族的細菌，其中只有某些家族成員才能提升我們的免疫力；第二、不同種族及地區的人所缺乏的益生菌都不一樣，中大醫學院的腸道微生態科研團隊發現，華人普遍缺乏 Bifidobacteria 當中某些對免疫力相關的重要家族成員，而這些有用的 Bifidobacteria 成員組合並不常見，因為它們需要複雜的科技及其他因素配合才能成功製造。

要提升對新冠病毒的抵禦能力，我們便要作出更好的準備。我鼓勵餵哺母乳保護我們的下一代。此外，避免吸煙及經常運動可以增加對接種疫苗後身體製造抗體的反應。對於大眾市民，我相信改善失衡的腸道微生態可以提升疫苗的成效。

二〇二一年一月四日

健康難求

最近六十多歲的吳先生求診，他的背景跟不少香港人很類似，年輕時候拚命工作，生活漸漸變得安穩，繼而中年發福，其後糖尿病、高膽固醇、高血壓接踵而來。約八年前發現大腸有多粒瘜肉，當中一些還出現嚴重病變，醫生建議他每隔兩年便要檢查大腸。

「陳教授，朋友介紹這些產品，有些說有海外驗證，另一些聲稱含有來自東南亞的天然植物。我已經每天早晚定時服用了幾年，為甚麼我的大腸瘜肉還是復發，為甚麼三高也沒有改善？」他一邊說，一邊把十多種產品排放在我的桌上。

正值我的團隊研究香港人的腸道微生態與多種疾病的關係，於是我收集他的糞便樣本，以總體基因學（metagenomics）分析他的腸道健康狀態，然後約他複診。

果然不出所料，吳先生的腸道微生態非常不健康。簡單來說，腸道菌群不夠多元化，那些可以改善疾病風險的益菌又十分缺乏。利用總體基因學分析，他患上大腸癌及其他代謝綜合症（metabolic syndrome）的風險持續偏高。

「為甚麼？我已經長期服用多種健康產品，以往也做過一些腸道健康化驗，也沒有甚麼發現。」吳先生感到相當困惑和心有不忿。

「其實要改善腸道微生態以提升健康並非易事，還需要更多醫學科研去解決難題。現今一般腸道微生態的化驗並不精準，只有大學級別的研究所才會利用總體基因學做分析，可是這方法相當複雜，現今還未能普及。此外，盲目服用健康產品不但不會改善健康，反而有可能令微生態失衡進一步惡化，因為這些產品往往不能補充你的真正需要，今次你的化驗報告便反映了這個問題。」

我接着說：「吳先生，從醫學上，我們知道大腸癌及代謝綜合症是相關聯，其中一個重要因素是腸道微生態失衡，那些有害的細菌改變新陳代謝及加劇細胞病變。要提升健康的確需要長年累月的努力。以你現在的情況，定期檢測大腸癌的風險很重要。相信不久將來，我們透過分析糞便的細菌組合，便有效預測大腸瘜肉的復發幾率，從而減少不必要的大腸內窺鏡檢查。」

我相信改善腸道微生態可以減少多種疾病的風險，例如大腸癌、肥胖、高膽固醇等等。要達到這些效果，我建議四大重點。第一、從小做起，自小就要養成健康飲食習慣，重要的益菌一旦失去便不容易重新建立；第二、避免汲取那些破壞微生態的食品及藥物，包括代糖、抗生素及含有乳化劑（emulsifier）的食品；第三、經常做帶氧運動；第四、向醫生查詢合適個人的飲食及健康補充劑，因為不同年紀及患有不同疾病的人各有不同需要。

二〇二一年一月二十五日

色香味的背後

長年累月的疫情，令不少人反思如何改善飲食習慣以提升自己的健康。過去三十多年，香港人的飲食健康的確是每況愈下。

香港中文大學醫學院研究指出，九〇年代大約有一半香港人的飲食習慣是合乎國際普遍認同的健康標準。可是最近幾年，不到百分之三十的香港人達標，這個觀察亦可能解釋為何大腸癌、肥胖、糖尿病、代謝綜合症、小兒濕疹及心臟病等等愈來愈普遍。

何謂健康飲食？近年有多項研究指出，地中海式飲食（Mediterranean diet）可以促進健康。地中海地區的飲食着重魚、穀物、纖維、健康脂肪及以植物為本的蛋白質，而飽和脂肪、糖、紅肉及奶類製品則盡量減少。

那是否代表我們要多吃橄欖，或要更多光顧那些有地中海特色的餐廳呢？

其實早於二十年前，中大醫學院內科及藥物治療學系胡令芳教授的研究已指出，廣東一些地區例如番禺的飲食健康可以媲美地中海。以往香港人的飲食以穀物、新鮮蔬菜及魚類為主。但是我們最近的研究卻發現，只有百分之二十的香港人仍然保持着上一代傳下來的廣東飲食文化。如果我們希望食得更健康的話，除了仿效地中海飲食文化之外，相信也值得向祖父母學習，參考他們當年的飲食之道。

食物要色、香、味俱全是人之常情，可是現今食品加工過程為求達到更吸引的色澤及更嫩滑的口感，往往會加上不少添加劑（food additives），當中的乳化劑（emulsifiers）尤其令人擔心。所謂乳化劑，簡單來說就是一種合成品，令食物的水份及油份混合得更好，使食品的外觀更吸引及口感更香滑。還記得小時候的沙律醬不含乳化劑，放在雪櫃不久後，水份和油脂便會分開上下兩層。但現今大部份的雪糕、蛋黃醬、人造牛油、沙律醬、低脂麵包醬、忌廉、朱古力、花生醬，焗製食物如蛋糕及意粉等等，都加上乳化劑，基本上是無孔不入。常用於食品的乳化劑包括carboxymethylcellulose（CMC）及polysorbate（P80），市民大眾不妨在選購食物時，留意一下包裝上的食物標籤。

雖然美國食物及藥物監察局（FDA）要求製造商列明乳化劑的成份是否符合法例要求（GRAS - Generally Recognized As Safe），但FDA卻沒有考慮這類食物對於那些長期依賴加工食品的人士的健康。自二〇一五年開始，已有愈來愈多的科學研究指出乳化劑會破壞腸道微生態，從而增加患上肥胖、糖尿病、代謝綜合症（metabolic syndrome）、克隆氏症及大腸癌的風險。

踏入新一年，希望大家能夠食得更健康，從而減低患上各種疾病的風險。

二〇二一年二月十五日

好醜命生成？

農曆新年前夕，我為中年的陳先生切除了一塊約半隻手掌大小的大腸瘜肉，化驗報告證實它是癌前病變，幸好沒有擴散，總算是拆除了一顆計時炸彈。

「為甚麼我的大便隱血測試是陰性，但竟然有這麼大的瘜肉？」其實陳先生過往兩年都有定時驗大便隱血，可是兩次的結果都是陰性。上個月我邀請陳先生參加我們團隊所研發的另類大腸癌測試，結果發現他雖然沒有患上大腸癌的迹象，但長出瘜肉的風險很高，於是便建議他接受大腸鏡檢查。幸好新測試準確地判斷他患有瘜肉，在未演變成癌症之前及早發現和處理，多年的科研心血總算沒有白費。

「大便隱血只能夠檢測大腸癌，其靈敏度（sensitivity）大約只有百分之七十，最大的缺點是不能夠檢測瘜肉，因為瘜肉一般不會滲血，但那些高風險的瘜肉卻是大腸癌的源頭。」我繼續解釋說：「至於這項科研的新技術，是利用腸道細菌作為瘜肉及大腸癌的指標。我們的研究發現，一系列腸道細菌是導致瘜肉及大腸癌的重要成因，當我們的大腸長年累月暴露於嚴重失衡的腸道微生態，那些可以致癌的惡菌便增加大腸細胞病變的風險，量度這一系列致癌惡菌，不單可以偵測大腸有沒有幾率患上瘜肉或大腸癌，還可以告訴我們腸道健康的指數，有望減低我們患上大腸癌的風險。」

陳先生追問：「我的家族沒有親人患上癌病，為甚麼我差點兒便中招？」陳先生的問題反映了大眾對大腸癌的誤解，其實遺傳基因並不能完全解釋癌症的成因，後天及環境因素往往更重要。陳先生有中年發福及三高的問題，這類人士不單患上冠心病的風險較高，同時也大大增加患上大腸瘜肉及大腸癌的風險。愈來愈多研究指出腸道微生態失衡是多種疾病的源頭，因為腸道細菌的總數是我們人體細胞的十倍，微生態失衡不單會增加代謝綜合症的風險，更促使大腸病變，形成瘜肉甚至大腸癌。

幸好我們的科研團隊找到與瘜肉息息相關的細菌，偵測這些存在於糞便的細菌，便能既準確又快捷地預測大腸出現腫瘤的風險，並可以透過生活飲食習慣及服用微生態配方降低大腸癌的幾率。

傳統智慧告訴我們「好醜命生成」，雖不能改變父母遺傳給我們的基因，但隨着醫學發展，我們可以透過分析腸道微生態及早診斷和預防疾病，包括大腸癌、小兒濕疹、自閉症等等。將來我們更可以精準地調整腸道微生態去改善健康及扭轉命運。

二〇二一年二月二十二日

胃藥治不好的胃痛

「陳教授，我已經照了多次胃鏡，醫生只說有些胃炎。就連大腸鏡和電腦掃描也找不出原因。嘗試了多種胃藥，包括降胃酸、化胃氣、止腸痛等，但都完全沒有作用。」

「有些醫生建議我每年照胃照腸，擔心會變成癌症……」

「有些醫生要我放鬆一點，但我不覺得自己情緒有甚麼問題，如何放鬆？」

腸胃不適是最常見的問題，一項研究指出百分之二十以上的香港人有「胃病」。而不少市民及醫生熱中檢查，根據某保險公司報告，香港每年耗於消化內窺鏡的費用是全亞洲之冠。

其實大部份出現胃部不適人士，檢查結果都是正常，根本不需要多次反覆檢測。「胃炎」是經常被濫用的名稱，為了找個容易解釋的理由，有些醫生把胃部一些帶紅的地方稱之為「胃炎」。但許多研究已指出這些所謂「胃炎」是沒有病理基礎，活檢組織化驗也找不到有病態，這些現象稱不上是病，也不是胃部不適的原因，更不會增加胃癌的風險。

那麼胃部不適是甚麼原因？其實大部份人士的腸胃結構都很正常，卻是功能上失調所導致。但功能失調是否等於胃抽筋？胃氣脹？胃下垂？為甚麼那些聲稱可以控制相關徵狀的藥物都沒有效果？

近年醫學研究指出，胃抽筋、胃下垂等根本不存在，很多人的徵狀是消化系統與大腦連接的信息接收出了問題（brain gut axis）。要對症下藥，便先要讓病人明白「腦腸軸線」（brain gut axis）出現問題的可能，以及採用藥物及其他非藥物方法去打斷這惡性循環，否則只會花上不少金錢及時間卻徒勞無功。

現代人面對多種壓力和問題，腸胃就好像「第二個大腦」，向身體的主人發出警號。我們的大腦與腸胃緊緊相連，每分每秒都有大量信息，經神經系統上下往來這兩個器官。因為大腦及消化系統彼此互相影響，而腸胃擁有超過一億個神經元（neuron）及三十多種腦神經傳遞物質（neurotransmitter），比脊髓神經更複雜，所以腸胃是人體的第二個大腦，假如這「兩兄弟」不協調的話，我們的身體便會產生很多腸胃及情緒上的不適。

在正常情況下，大腦不會讓我們察覺到從腸胃接收的過億個信息，使我們樂得清靜，正如我們平日不會留意到自己正在呼吸及心跳的道理一樣。可是腦腸軸線有問題的人，這個保護功能因種種緣故失效。其中一種情況就是我們的大腦不能過濾不需要的信息，令我們受到不必要的滋擾。讓我作一個譬喻，在正常情況下，我們坐在椅子上，不會特別覺察我們的大腿被椅板頂着，正正是因為大腦已過濾這些信息，免卻我們的認知受過度資訊影響。

有些腦腸軸線出現問題的人不能夠過濾從腸胃發出的信息，以往可以接受的飲食習慣或其他人可以承受的飲食，現在卻變得十分困擾。沒有這個生理「關閘」，過多不必要的腸胃信息便湧上大腦，同時間我們的大腦把來自腸胃的信息扭曲，令我們感到很多難以解釋的徵狀。有時候大腦對這些信息作出過度反應，引致我們的腸胃出現異常的蠕動。所以大腦及消化系統的不正常互動才是腸胃功能失調的主要原因。

正因這些徵狀是源於腦神經傳遞物質的傳送、接收及分析出現了問題，所以利用內窺鏡、影像掃描或病菌培植，往往都找不出真正的問題根源。但是為了找一個較容易向病人解釋的理由，於是「胃炎」、「胃抽筋」、「胃酸過多」、「感冒菌入腸」等似是而非的名稱便經常被濫用，成為腸胃不適成因的「代罪羔羊」。既然腸胃不適的原因跟胃酸或發炎無關，所以常用的胃藥包括胃酸抑制劑、化胃氣藥、抗生素等往往沒有明顯作用。

雖然現今醫學還沒有成功研發針對腦腸軸線的藥物，但不少研究指出某些腦神經及精神科藥物可以終止腦腸軸線失衡的惡性循環，減少不必要信息的接收及信息扭曲。可是這些藥物必須經醫生小心評估後，因應每個病人的情況使用。不是每個病人對同樣的治療都有相同的效果，一些藥物對病人甲十分見效，但用在病人乙身上卻可以引起副作用，醫治腸胃功能失調亟需要個人化的治療。

愈來愈多現代科研指出，腸道微生態是腦腸軸線的關鍵，利用總體基因體學（metagenomics）及代謝組學（metabolomics），發掘掌管健康及疾病的微生物標記（microbiome signatures）或代謝物（metabolites）是未來醫學發展的新領域。

二〇二一年六月七日及二十一日

現代黃龍湯

「陳教授，還認得我嗎？」一名年約七十多歲男士忽然向我打招呼。當時我正在荷里活道的古玩店外流連，我向他點點頭，說：「你好！真的對不起！我想不起我們在甚麼地方見過面。」男士笑着說：「陳教授，五年前你的團隊用糞便救了我的性命，住在十樓隔離病房的那個張ＸＸ，記得我嗎？」我想了一會兒便說：「原來是你！當年你不足九十磅，見你現今精神奕奕，你的結腸炎再沒有復發了吧？」張先生滿臉笑容說：「感謝你們，我完全康復了！」

大約八年前，張先生染上一種頑固的腸道細菌，名叫難辨梭菌（Clostridioides difficile）。他有糖尿病，由於經常服用抗生素而導致這惡菌變得活躍，它的毒性令張先生出現嚴重腹瀉，後來更引致併發症偽膜性結腸炎（Pseudomembranous colitis），並多次出入醫院。當年他接受了多種藥物治療也無法清除這惡菌，體重由一百三十磅下降至不足九十磅，醫生告訴他的家人這疾病的死亡率高達百分之三十，由於併發症的緣故，只有少數人士可以完全康復。

絕望之際，張先生被轉介至我們的腸胃科團隊。自二〇一三年，我們研究糞便移植（fecal microbiota transplantation, FMT）的療效，它是以重建腸道菌群來治療難辨梭菌感染。方法是利用內窺鏡把健康人士的糞便灌到患者的腸道。步驟看似簡單，其實需要通過嚴格的篩選和處理才能夠找到合適捐贈者，平均每一百個捐贈者只有一個合適，所消耗的人力物力可想而知。

最早利用糞便作藥物的是中國。東晉時期（公元四至五世紀），葛洪著有《肘後備急方》，當中記載用糞便治療嚴重腹瀉，「絞糞汁，飲數合至一二升，謂之黃龍湯，陳久者佳」。明代李時珍於《本草綱目》中記載口服糞水治療嚴重腹瀉、發熱等疾病。

時代進步，現今已不用「口服糞水」以達到效果。花了八年的研究，我們的團隊確認了 FMT 對於治療難辨梭菌的成效及安全度。最近我們利用「創新香港研發平台」（InnoHK），研發出提升 FMT 成效的腸道菌群配方，治癒率逾八成，希望為醫管局所有患上這種惡疾的病人提供適切治療。

二〇二一年八月三十日

檢測你的腸道微生態？

過往幾年，中大醫學院的腸道微生物群研究中心發表了一系列重要的研究成果。整體來説，愈來愈多證據顯示腸道微生態與我們的健康息息相關，受影響的範圍不單是消化排洩，還有肥胖、糖尿病、濕疹、大腸癌，甚至神經系統問題，例如自閉症、抑鬱、認知障礙，還有影響全球的新冠病毒，這些問題都與腸道微生態有直接或間接關係，彷彿主宰我們健康的不再是人體基因的專利。

為甚麼？是天方夜譚還是危言聳聽？幾年前當我提出這論據的時候，不少市民大眾甚至醫學專業人士都抗拒這個醫療新領域。主要原因是過往幾十年這方面的研究沒有突破發展，不少市場上的健康產品都缺乏實質醫學數據支持，只靠包裝和推銷。久而久之，大眾便質疑這些商品是否誇大其詞。

近來科技發展迅速，科學家利用宏基因組學（metagenomics）及代謝體學（metabolomics）發現很多新的微生物品種及其功能。我相信未來五至十年將不斷有突破的新產品，不再只是改善消化排洩，而是達到預防及治療多種疾病的成效。

現今針對腸道微生態的新科技，可以用作診斷及預防疾病的工具嗎？答案是可以的。但選擇這些嶄新服務之前，市民大眾需要小心了解以下問題：

若檢測指定疾病，所採用的生物標記（biomarker）有無大型研究確認？它的靈敏度（sensitivity）及特異性（specificity）有多高？不同種族會否影響它的準確程度？正因微生物群深受環境影響，所以西方研究數據往往不能應用於亞洲。

若檢測作為整體健康或預防疾病指標（health indicators），化驗室所採用的是甚麼科技？最常見的科技是 16S 核糖體 RNA（16S ribosomal RNA），簡稱 16S rRNA。因為它存在於大多數微生物，所以 16S rRNA 常用作鑑定微生物的標準。大多數細菌 16S rRNA 基因序列可在公共數據庫得到，可是這些數據庫的質量往往沒有驗證；加上 16S rRNA 技術不能夠作深層次的基因序列分析，所以它不可以精準地分辨不同的菌株。

如果需要精準測試，便要採用更先進科枝。其中宏基因組學是現今最強力方法揭示以往利用 16S rRNA 所隱藏及遺漏的微生物。市民應查詢化驗所提供的是 16S rRNA 或是宏基因組學。

樣本份析是否採用化驗所獨有的龐大數據庫？還是利用公共數據庫？如前文所解釋，公共數據庫並不可靠，大大降低化驗報告的可信程度。

科技一日千里，市場上所提供的測試十分參差，市民大眾應更小心選擇對自己有用的服務。

二〇二一年九月六日

「找到了！找到了！這細菌的確可以影響新冠疫苗的成效！」整個團隊那刻興奮喜悅之情還是歷歷在目。

自新冠疫情爆發以來，我們的團隊日以繼夜、廢寢忘食地工作，希望及早找出改善免疫力抵禦病毒的方法。過去十多年我們都專注在腸道微生態（gut microbiota）的科研工作上，因為我深信腸道微生物是影響健康的關鍵。我經常對學生說：「基因是父母給我們的，無論是恩賜或是負擔，我們都不能輕易改變。但是腸道微生物是我們的『第二套基因』，它比父母給我們的基因多百倍以上。只要能夠改變腸道微生態，便很大機會扭轉我們的命運！」

我並非癡人說夢，多年來的努力漸見成果。例如早前我們的團隊發明以腸道細菌基因診斷大腸瘜肉及早期癌症，幫助了很多害怕及不合適照大腸的人士。其後團隊亦首次發現新冠病人缺乏一系列益菌，最近更找出影響新冠疫苗抗體水平的「青春雙歧桿菌」（Bifidobacterium adolescentis），相信透過補充這種特別的益菌，可以提升新冠疫苗的保護力。

在過往科研成果當中，找出影響新冠疫苗成效的益菌令我感受最深。每當我發表腸道微生態與免疫力關係的想法，別人總認為我在發白日夢。不少人對我說：「我吃了這麼多益生菌，但不覺得身體更健康，大多都是宣傳伎倆了吧！」市場上的確充斥不少言過其實、沒有科學根據的產品。要從過億細菌中找出可以診斷及治療疾病的菌種，真的談何容易？

「找到了！找到了！」那一刻的興奮心情和禁不住的淚水不能用筆墨來形容。更難得的是這項科研是中大港大兩所醫學院攜手合作、共同研發。

創科之路殊不容易，發明只是一個開始，要達到廣泛應用需要克服更多更大的難關。在這條崎嶇孤獨的路上，曾面對無數冷嘲熱諷，亦碰上不少守舊與頑固的阻撓。

要走的路見不到盡頭，惟有高歌自娛：「……不信命，只信雙手去苦拼，矛盾是無力去暫停。可會知，我心裏睏倦滿腔，夜闌靜，問有誰共鳴？」

二〇二一年十二月六日

人間不再有腸癌

過去整個星期都感到忐忑不安，腦海經常浮現那名不幸因大腸癌離世的年輕女士。才四十出頭，美滿的小家庭從此成追憶。我不斷在想：可以避免這個不幸的故事重演嗎？

腸癌是少數可以完全預防的癌症，最有效的方法就是定期檢查。雖然政府早年已為全港適齡市民提供大腸癌篩查計劃，可是只有大約百分之十的合資格人士願意接受檢查。

為甚麼這麼多人不願意為自己防患於未然？現今的大腸癌篩查分開兩個步驟，先以大便隱血測試，決定是否有需要接受大腸內窺鏡檢查。雖然這設計合乎成本效益而受多國廣泛採用，可是它的技術有相當多缺點，因此減低這計劃的認受度。

首先，大便隱血測試不能夠偵測早期癌症，它於第一期腸癌的靈敏度低於百分之十，正所謂「擲公字」比驗大便隱血更準確！因為瘜肉及早期腸癌往往都不會滲血，所以用隱血測試便會「走漏眼」。雖然大便隱血或可以偵測晚期腸癌，但往往發現的一刻已需要動手術、化療或甚至為時已晚，所以現今的大腸癌篩查安排不能有效預防早期癌症。

第二、大便隱血測試的假陽性非常普遍。很多情況例如痔瘡、肛裂、服用亞士匹靈、消炎止痛藥及薄血藥等都會令大便隱血測試出現假陽性，不少人因此做了大腸內窺鏡檢查，結果甚麼問題也找不到。

其實現今醫學科技已發展了比大便隱血更精準的非入侵性腸癌檢測方法，例如偵測糞便中的致癌惡菌（gut microbiome markers）或腸癌的標誌物（tumor markers）。這兩種方法比大便隱血更有效偵測早期大腸癌，大大減少走漏眼（即假陰性）的風險。但兩種檢測方法也會出現假陽性的問題。

我們成功研發透過檢測糞便的細菌基因 (M3) 偵測大腸癌，靈敏度高達 94%，媲美大腸鏡檢查。

比較兩種先進的糞便檢測科技，我個人意見認為偵測糞便的致癌惡菌比腸癌的標誌物優點更多。因為只有前者可以預測大腸瘜肉及瘜肉復發，加上透過改善腸道惡菌失衡，我們有望減低患上腸癌的風險。相反，檢測由大腸癌釋放的標誌物只能預測癌症，對於檢測瘜肉及減低腸道致癌物就沒有特別作用。以上只是個人從事多年腸道微生態研究的意見，相信不同的專家或者有不一樣的見解。

始終大腸內窺鏡是最準確的方法，結合檢測與治療於一身。但我亦體諒很多人害怕或不合適照大腸。無論如何，我希望先進的非入侵性檢測方法可以鼓勵更多表面上健康、無徵狀的人士接受篩查，它的作用並不是要取代大腸鏡，而是分辨出高與低風險人士，一方面減少低風險人士照腸之苦，同時讓更有需要的人可以及早照大腸。預防勝於治療，終有一天我們會把腸癌變成歷史，令這可避免的惡疾從人間消失。

二〇二二年六月六日

便便的挪亞方舟

「陳教授，為甚麼我的孩子患上這麼頑固的濕疹？他的哥哥和姊姊卻沒有這些毛病。」

「為甚麼以往很少見的疾病變得愈來愈普遍？」

近年醫學研究已累積可靠數據，以上問題與嬰兒的免疫系統息息相關，而掌管免疫系統健康發展正是我們的腸道微生態。保守估計，人體腸道內的微生物基因總數比人體所有基因高出一百倍，而這些微生物群造成的生態環境（即腸道微生態）控制我們的健康及發病風險。假若帶有相同基因的孖生兄弟在兩種不同生活及飲食環境下長大，他們的發病幾率（例如肥胖、濕疹、糖尿病、精神病、癌症等）將截然不同，反映腸道微生態能夠操控我們的命運。

究竟我們的腸道微生態是從哪裏來呢？其實每個經正常分娩的初生嬰兒的腸道微生物都是由母體傳入，然後受着後天環境影響。所以一些重要因素例如孕婦健康狀態、餵哺母乳、服用抗生素及食物添加劑等，都直接影響嬰兒的腸道微生態。

近年醫學研究更指出，現代人的腸道逐漸失去了祖先年代的菌種，就是說以往很多保護我們健康的細菌正不斷地從我們的腸道消失，減低了我們腸道微生態應有的多樣性（diversity）。

中文大學的香港微生物菌群創新中心（MagIC）分析生活於中國偏遠山區少數民族的腸道微生態，發現他們仍然保留很多祖先年代的好菌，而這些好菌已近乎絕跡於現代都市人。我們另一項研究發現初生嬰兒的腸道微生態比成年人更多樣化更健康，反映都市人的生活飲食習慣正逐漸地破壞我們的腸道菌群。

究竟我們可否保存多樣化的腸道微生態，把健康和希望帶給我們的下一代？假若我們能夠長期儲存健康嬰兒的便便，相信有一天我們或許可以利用這些便便預防或醫治他們長大後出現的疾病，情況猶如儲存臍帶血去醫治將來萬一不幸患上的血癌。這是一項龐大工程，需要先進技術、巨額資金、空間及人才支援。

今天你或許笑我癡人說夢話，但我相信興建這個巨型的便便庫有如打造一隻現代的「便便挪亞方舟」，把健康和希望帶給我們的下一代。

二〇二二年七月二十五日

我的科研團隊

過去三年由於疫情全球肆虐，很多國際會議都以視像形式進行，雖然學術交流因此大打折扣，但好處是節省了不少出門的日子，反而令整個科研團隊有更多時間專心鑽研醫學難題，成就了多項研發上的突破。

例如中大醫學院成功發明了利用腸道微生態（gut microbiota）檢測大腸癌及大腸瘜肉的風險，只需要極小量糞便樣本便能夠預測這個頭號癌症，令不少迴避大腸內窺鏡檢查的人士重新正視這個健康威脅。有別於其他非入侵性檢測工具，分析腸道微生態是現今唯一方法預測早期瘜肉及其復發風險，協助醫生轉介真正有需要的人士進行大腸內窺鏡檢查。

最近我們的團隊更利用大數據分析，成功研發了針對致癌惡菌的微生態配方。我們首先把大腸癌移植至老鼠體內，然後以新研發的微生態配方餵飼老鼠，發現大腸腫瘤明顯地萎縮。我們再以此配方給予腸道致癌惡菌指數高的人士服用，發現指數從高位回落。這項研究進一步證實腸道惡菌是導致大腸癌的重要因素，而透過改善腸道微生態有望可以減少患上大腸癌的風險。

還記得十多年前當我們提出腸道微生態與大腸癌息息相關的理論時，學者大多表示質疑。科學美麗之處，就是不分種族，大家都是追求及尊重客觀數據。只要證據確鑿，縱是國際專家也不得不承認以往的錯誤，為着更美好的明天共同努力。

二〇二二年九月十九日

給孩子一個希望

「我的孩子有自閉症……」不少父母為這個問題感到徬徨、焦慮及無助。我雖然不是兒童精神科醫生，但是以下故事卻是一個父親的憶述：

Brian（化名）小時候是一個很乖的 BB，甚少半夜大叫大哭，所以太太從不需要捱更抵夜去照顧他。當其他小孩子已經懂得叫爸爸媽媽及開始用說話表達自己的需要，Brian 只會發出沒有意思的聲音，我們經常要猜他要甚麼。他經常自得其樂，獨個兒玩了大半天也不會鬧情緒。Brian 到三歲還是不太懂說話，也不願意與其他小朋友一起玩耍。直至 Brian 到了五歲才被診斷患上自閉症，醫生說沒有藥物可以治療這個情況。如果可以時光倒流，我希望可以早點為 Brian 及早預防這個問題，究竟是否我們疏忽了甚麼？

統計數字顯示香港每一千個兒童便有兩個患上自閉症，我相信真實個案遠超過以上數字。以美國為例，每五十幾個兒童便有一個有這個情況。

有研究指出，自閉症是由於大腦發育出現了問題，而神經遞質（neurotransmitters）是影響大腦發育的重要元素。就以控制情緒的一種神經遞質血清素（serotonin）為例，百分之九十以上是由腸道菌群（gut microbiome）製造，然後經血液運上中樞神經系統。

中大醫學院的香港微生物菌群創新中心（MagIC）早前發現，自閉症兒童的腸道微生態發展不健全，多種影響大腦發育的菌群並沒有跟着兒童一起成長。以一個五歲的自閉症兒童為例，我們的研究顯示他的腸道微生態還是停留在一歲階段，多種影響大腦發育的菌群並沒有發展成熟。

這個研究結果有非常重要的啟示：第一、透過檢測嬰孩糞便，我們可以預測他們將來患上自閉症的風險，而採集嬰孩糞便比抽取血液更為方便可行。要精準預測自閉症，我們正在建立龐大的生物樣本庫，並利用先進技術（metagenomics and metabolomics）分析菌群的基因及功能，目前我們已經儲存了超過一萬個來自孕婦及嬰兒的樣本，希望短期內可以為社會提供精準的診斷服務；第二、如果能夠及早改善那些屬於自閉症「高風險」的幼童的腸道微生態，我們或可以預防自閉症的出現。

傳統智慧告訴我們「三歲定八十」原來並不是迷信，其實由出生至三歲所形成的腸道微生態可以影響往後一生的健康。除了健康的飲食及生活習慣之外，我們需要研發更有效方法為高危一族的兒童改善他們的腸道微生態，我們正在研究利用「腸道菌群移植」及「活菌藥物」（live biotherapeutics products, LBP）治療自閉症及一系列疾病。

如果有一天我們能夠為所有初生嬰孩透過糞便篩查自閉症，這個問題或許可以完全預防。

二〇二二年十二月十二日

香港可成為新藥研發中心嗎？

執筆當日，正是政府公佈《香港創新科技發展藍圖》。一方面我為着政府決意把香港打造成國際創科中心感到欣喜，另一方面我卻體會到困難重重，要落地並非單靠口號，如何避免資源錯配，還有一段漫長道路。

過往幾十年，香港的醫療水平是世界首屈一指的。不單是臨牀經驗，還有基礎及轉化研究都在國際上顯赫有名。可是多年來香港沒有深化的政策支援，令到得來不易的醫學科研成果未能落地。

近年來新藥物發展的一個大突破，就是利用人體腸道的細菌醫治多種疾病。早於二〇一四年，美國食品及藥物管理局（FDA）已批准當地科研公司提供腸道微生態移植（FMT），作為醫治多種疾病的研究藥物。上個月美國FDA正式批准某藥廠把FMT轉化成口服藥物，醫治一種稱為「難辨梭菌感染」的可以致命惡疾。

這邊廂，香港中文大學醫學院從二〇一五年開始，已完成近五百五十項FMT治療，除了確定它的安全度及治療「難辨梭菌感染」的成效，並發現這治療對其他疾病的潛在用途，包括自閉症、骨髓移植排斥、結腸炎、肥胖等。這是一個難得的成就，因為我們所完成的FMT已是歐洲十七個中心總數的三分之一，技術上我們已得到英國的確認。在亞洲，這方面的經驗很貧乏，雖然中國大陸有不少醫院聲稱掌握這種技術，但至今他們對於如何選取及提煉腸道微生態的技術，還未有公認的方案。

由此看來，香港本應有很大優勢成為開發FMT新藥物的亞洲龍頭。可是香港沒有新藥認證中心，過往多年這個重要項目所產生的成果不被接納為藥物發展，只停留在學術研究階段。亦由於沒有這方面的政策支持，就連找一所本地合規格的製藥廠房也沒有。為甚麼？因為法例要求製藥要在無菌的環境下進行，哪有商業機構願意製造不合規格又沒有認證的產品呢？美國 FDA 之所以能夠令 FMT 發展為新藥物踏出一大步，不單是當地科研人才輩出、藥廠資金雄厚，更重要的是他們的政策與時並進，了解如何走在科技的最前端，把資源投放在開創先河的項目上。

過往香港已錯失了不少醫療創科的發展機會，但願今次我們能夠真正把握十四五規劃帶來的機遇，把香港打造成一個新藥物研發中心。

二〇二二年十二月二十六日

人生有幾多個十年？

「恭喜！恭喜！」近月頻頻收到來自本地及海外祝賀我們的科研團隊於診斷大腸癌取得突破發展。花了超過十年研究，我們終於發現大腸癌及大腸瘜肉患者的糞便帶有特別細菌，並利用基因分析檢測早期患者，為預防大腸癌邁出一大步。

早於一九九〇年代，我們團隊已指出大腸癌將會是香港以至亞洲最主要的癌症，並申請研究撥款，結果被當年的「專家小組」全數駁回，就連被列入受考慮的資格也沒有。為甚麼？因為當年的專家認為我們的意見是危言聳聽，不值得花分毫於此項目上。

憑着一股不屈的堅持及年輕的蠻勁，我們的團隊四出宣傳預防大腸癌及招募合適人士提供免費測試。還記得每當午飯時候，我們跑到不同的屋邨及醫院向一眾醫生呼籲合作檢測大腸癌，台上我不斷仔細解說，台下他們埋頭吃喝。那些年的人情冷暖，真是百般滋味在心頭。後來幸得賽馬會雪中送炭，先後支持我們完成了五年又五年的研究項目，最終證明利用大便隱血及內窺鏡檢查有效偵測及預防大腸癌。

十年過後，隨着大腸癌數字急升，專家小組才開始邀請我們團隊研究大腸癌篩查計劃的可行性。皇天不負有心人，幾年前香港終於開始為適齡人士推行大腸癌篩查，可惜香港亦是世界上發達地區中最遲推行此計劃的地方之一。

醫學科技發展本應讓社會變得更健康。我們團隊最近研發出一種非入侵性、簡單又靈敏的方法去預測大腸癌風險，不但減少「非必要」的大腸鏡檢查所產生的潛在風險，亦可減低醫療系統的負荷。

「陳教授，此技術何時可以引入公營醫療系統，惠及貧苦大眾？」不少市民向我追問。要改變公共醫療政策並非易事，例如有關部門會要求新發明必須有美國食品及藥物管理局審批，但整個程序需要重新在美國本土測試，往往要花上五年或以上及過億元的投資。這邊廂，要向國家藥監局申請又何嘗容易？審批過程非常漫長及需要龐大資金。

世上無難事，只怕有心人。過去我們花了十多年光陰才能推動本地大腸癌篩查計劃，現在我們正積極引入更精準的新科技，但人生又有幾多個十年？

二〇二一年八月十六日

長新冠？佯新冠？

「陳教授，我的思想忽然模糊一片，已經反覆檢測了多次，結果都是陰性，沒有新冠復陽，就連腦掃描也找不出原因，老闆卻以為我發白日夢，如此下去我怕連飯碗也不保！」「陳醫生，我以往每天跑步個多小時，現在上二樓也感氣喘乏力，見了幾名胸肺及心臟專家也找不出原因。」「陳院長，我需要見精神科醫生嗎？」

過去兩個月，這些新冠康復者是我最常見的病人。他們各有不同徵狀，但全部都有一個共通點，就是原因不明、求救無門。最近一次醫管局高層會議，我再三指出「長新冠」將會對醫療及經濟帶來沉重負擔。月初，就連美國總統拜登也敦促聯邦政府全力找出「長新冠」的原因及治療方法。

根據美國疾病控制及預防中心，新冠長期綜合後遺症（或稱「長新冠」）是指新冠患者康復後，出現持續一個月以上多種不能以其他原因解釋的徵狀，包括「腦霧」、疲倦、記憶力差、失眠、呼吸困難、咳嗽、肌肉痠痛、腸胃失調、脫髮等。不是所有患者都會出現以上所有徵狀，有些患者大腦受影響比較明顯，而另一些患者主要徵狀可能是咳嗽或腸胃失調，所以這些患者往往分散到不同的專科醫生接受治療。

很多人對「長新冠」有不少誤解，以為是身體還有殘餘病毒或是病毒破壞了個別器官的後遺症；亦有不少理論，例如多器官炎症、免疫系統過敏反應、精神壓力等；更有人以為「長新冠」只是逃避工作的藉口。儘管這些理論說得如何娓娓動聽，至今沒有一種學說得到科學數據支持。

中大研究團隊發現，近八成新冠康復者六個月後仍受「長新冠」困擾。同時我們發現「長新冠」並不局限於長者、長期病患、重症或發炎指數高的人士。我們以宏基因組學（metagenomics）分析超過一千二百個糞便樣本的細菌基因，首次證實「長新冠」患者擁有獨特的腸道微生態，有如手指指紋般可以識別，團隊把這發現稱之為「長新冠型腸道微生態」。透過檢測「長新冠型腸道微生態」，我們可以預測罹患「長新冠」的風險；更透過檢測康復者是否帶有「長新冠型腸道微生態」，可以診斷出現持續徵狀的康復人士是否患上「長新冠」，其靈敏度及特異性均近百分之九十。

此外，我們亦發現分析腸道微生態可區分不同類型的「長新冠」。例如，缺乏與免疫力有關的「好菌」會出現持續咳嗽和氣促的呼吸系統徵狀；而某些惡菌則會引致疲倦、失眠、記憶力差和失去味覺等腦神經系統問題。區分不同類別的「長新冠」徵狀可望為「長新冠」患者對症下藥。

初步研究更發現，利用中大研發的微生態配方（SIM01）醫治新冠康復者，百分之九十人士於一年後並沒有出現「長新冠」。我們正推行大型臨牀研究，利用 SIM01 調整腸道微生態以治療及預防「長新冠」。

自二〇二〇年新冠病毒爆發以來，全球已有超過五億人口染疫。以香港為例，單是第五波疫情已有數以百萬計市民確診，數目極之驚人。我們正努力不懈，不單要找出腸道微生態與「長新冠」的關係，更希望為廣大市民提供預測、診斷及治療「長新冠」的方案。

二〇二二年四月十八日

本地大學研發？

自二〇一七年開始，本港政府大力投放資源推動創科，決意把香港打造成亞太區的「創科樞紐」。多年來本地大學人才輩出，加上我們的國際聲譽，香港本應大有條件達成這個目標。過去幾年，在人工智能、大數據應用、生物工程等領域上，我們開始見證了一些成功案例。

可是，大家有否察覺香港幾乎沒有本地研發的西藥。香港的醫學水平，無論是醫療質素或科研成就都達到國際一流級別，絕對可以媲美歐美頂尖學府。為甚麼我們竟然沒有本地研發的藥物，仍然完全倚賴外國進口？原來我們雖然不乏醫學科研人才，可是本地卻完全沒有藥物研發的配套，多年來我們浪費了不少寶貴的研發成果，白白把創科心血埋葬或拱手相讓予跨國企業。

就以新冠病毒為例，過去兩年香港中文大學醫學院已取得了數項針對預防、紓緩及治療新冠病毒的成果。但要把早期的臨牀成果轉化為註冊藥物，須通過一系列嚴格的監管法例；而最諷刺的是所有新藥物註冊申請必須得到最少兩個海外如歐美國家（不包括中國大陸）的藥物監管局認證，因為本港沒有相類似的審批機構。就是說，縱使本地研發的藥物已通過了嚴謹的大型臨牀驗證，也需把新藥送往外國重新測試，所需要的經費是數億至數十億元，還有不少地緣政治考慮因素，於是不少極創新的重大發現變得停滯不前，甚至胎死腹中或給外國團隊搶先推出市場。

一些本應有機會成為新藥的產品，只能夠被法例定性為「本地大學研發」的「健康補充劑」。更甚是這些科研產品的標籤不能夠註明臨牀研究成效，被迫與其他毫無科學數據的商品混在一起，實在令本地科研人才感到灰心氣餒。

要跳出這個困局，香港應連同大灣區建立區域級的藥物監管及認證中心，用以審批本地藥物研發。有了這個法定機構才能驅使投資者在本地創辦具有「藥品優良製造作業規範」（GMP）資格的新藥研發企業，吸引更多科研人才，把香港打造成為醫藥創科樞紐。

不少人覺得要達成這個創科夢實在是「難過登天」，我沒有登天的經驗，不知道甚麼比登天更難，只知道努力向着標杆直跑。

二〇二二年八月二十九日

曼谷給我的啟發

執筆當日我正出席於泰國曼谷舉辦的亞洲腸道微生態科學會議，除了那些仍然受防疫政策限制出入境的地區外，世界各地的著名科學家及投資者都參加了這個盛會。

是次會議之所以吸引眾多專家參與，是因為近年來腸道微生態的創新科技一日千里，例如美國食品及藥物管理局（FDA）剛剛批准某醫藥公司以新科技把腸道菌群製成藥丸，醫治一種可以致命的惡疾。這是一個重要的里程碑，因為腸道微生態再不等同益生菌補充劑，我相信它的醫藥價值深不可測。投資者估計腸道微生態的市場，將會於五至六年間由現時的三億美元上升至十三億美元，而亞洲更是一個未開發的市場，有實力的微生態科技發展公司寥寥可數。

當然，要成功舉辦國際盛事也需要天時、地利及人和。泰國一向給外界印象都是非常友善，雖然受到近年反政府示威及新冠疫情打擊，這個國家很快又重上軌道。從踏出飛機一刹那，我所見所經歷，全都是方便旅客、照顧民生及以人為本的措施。他們沒有採用嚴厲的法規，但我所見的泰國人都十分自律，例如在公共地方人人都佩戴口罩。雖然我不懂泰文，但過去數天我愛上了泰國電視節目，因為他們不會早晚不停地報道一大堆數字，或作出重重複複的宣傳呼籲，我相信某程度是反映這地方對人民的信任和尊重。

今次科學會議，最令我鼓舞的就是來自美國哈佛大學（Harvard University）麻省總醫院（Massachusetts General Hospital）科研團隊報告。他們確認了我們於大腸癌研究所發現的致癌惡菌，進一步肯定我們利用檢測糞便某些惡菌基因（stool microbiome cancer biomarkers），能夠有效評估患上大腸癌及預測瘜肉復發風險。我們雙方正積極探討合作研究，以精準醫學去量度多種疾病的風險指數，期望不久將來可以利用一個簡單的糞便樣本便能夠預測人體的健康狀況。

席上多名亞太區投資者鼓勵我們的科研團隊移師至當地發展，因為他們的市場比香港大得多。科技發展是分秒必爭的競賽，香港雖有粵港澳大灣區概念，但何時能夠把這個一體化的概念落實，把尖端醫學科技應用於逾八千萬人口呢？國家政策及大方向是清晰的，如何解決「大門開小門不開」的問題，我們還得拭目以待。

二〇二二年十一月二十八日

虎山行

「First they will laugh, then they will copy you. Don't give up!」，這是一位移居海外的朋友勉勵我的信息，意思就是有些人總喜歡嘲笑愛做夢的人，一旦夢想成真，他們便會抄襲你的成果。別氣餒！

過往十多年，我們的科研團隊日以繼夜不停地研究腸道微生物對健康的影響，如何利用這些微生物預防、診斷和治療不同類型的疾病。科技發展一日千里，我們不斷有突破性的新發現，眼見西方國家早已開始把科研成果產業化，香港在這方面的發展卻頗為滯後。

三年前的新冠疫情帶給我們一個嶄新機會。我們的團隊全球首次證實缺乏一系列的腸道微生物是感染新冠病毒及出現併發症的關鍵因素。還記得我們發表第一份國際文章之後在學術界激起了熾熱的討論。有些學者認為這是醫學上的突破，亦有人覺得這是無稽之談。其後我們的研究結果得到不同國家科研團隊的確認，往後我們的研究更指出改善腸道微生態失衡對新冠以外的其他感染、小兒濕疹及大腸癌有重要作用，「腸道微生物是免疫力的重要器官」這個觀念才逐漸被接受。

還記得幾年前一個早上，我們團隊在醫院裏的咖啡店，決心要把我們多年的研究成果產業化，為香港栽培更多科研人才及打造這地方為國際醫藥創科樞紐。

把創科變成產業這條路殊不容易，起初我們向商界投資者尋求資助總是處處碰釘。更甚的是當日有些頗有名氣的商品公司不停地向我們潑冷水，游說我們放棄自己發展，索性把科研成果轉讓給他們。但是我們卻堅持自己的信念，縱使缺乏經驗及資金仍要追求理想。慶幸多年的研究努力並沒有白費，社會大眾亦逐漸明白醫學數據對支持創科產品的重要性。可是商業社會是很現實的，模仿、抄襲、造假等惡性競爭層出不窮，要重視知識產權，香港才有條件成為國際醫藥創科樞紐。

展望未來，我們的團隊將繼續努力不懈，致力透過科研和教育，把健康和希望帶給我們的下一代。

二〇二三年四月十七日

救救我們的孩子

上星期，一對父母帶着五歲的兒子求醫。孩子的母親迫不及待說：「陳教授，你看我孩子的濕疹多麼嚴重，他自一歲開始便被這問題折磨，請你救救他吧！」我聽罷有些愕然，因為我並不是兒科也不是皮膚科專家。她接着說：「聽說移植一些益菌便可以醫治這種慢性病，我想給孩子嘗試這個新療法。」

看着這位母親無奈的眼神，我可以想像她多年來所受的痛苦並不比孩子輕。可是我不能夠把未經證實的治療推介給病人，惟有把已知的醫學數據相告，希望幫助他們為孩子作出合適的選擇。

濕疹其實是一種皮膚發炎，而這類型發炎的活躍程度受着免疫細胞的影響。腸道微生態是人體最大的免疫器官，現今醫學發現腸道微生態失衡是多種免疫系統疾病的重要因素，而濕疹便是一個典型例子。

近年的研究指出患上濕疹的人士，不論小童或成人，都出現三種微生態毛病，就是菌種的多樣性減少、缺乏一些可以減低免疫反應的益菌、以及過多刺激發炎的惡菌。

究竟是甚麼原因導致以上的微生態失衡？嬰兒的腸道微生物是從母親分娩過程中得來的，所以孕婦有健康的生活和飲食習慣，以及選擇自然分娩，都對嬰兒的成長尤其重要。此外，孩童應避免服用不必要的抗生素、含高糖份或乳化劑的食物，以保持腸道細菌平衡及健康發展。

雖然動物研究顯示腸道微生態移植可以大大改善濕疹，但我們還需要臨床研究才可以確定這方法的成效及安全性。

服用益生菌有幫助嗎？我相信它可以作為預防及輔助治療，但亦需要有臨床數據支持，以協助病人選擇合適的配方。隨着利用宏基因學（metagenomics）分析腸道微生態愈來愈普遍，我們希望不久將來可以用更精準醫學為嚴重的病人提供更適切的治療。

二〇二三年三月二十日

“我希望不久將來可以用更精準醫學為病人
提供更適切的治療”

同行

我的好友、戰友

薪火相傳

「Francis，這是我的辭職信，很高興與你多年並肩作戰……」一位多年的同袍兼兄弟要離開中大醫學院的消化及肝科團隊了。

回憶當年的日子。中大醫學院的腸胃肝臟科創立於一九八五年，直到沈祖堯教授於一九九二年從加拿大回港後，才把它打造成為今天蜚聲國際、顯赫有名的團隊。究竟這個傳奇故事的成功原因是甚麼？

其實當年的沈教授只是一位年輕的醫生，整個團隊就連一個專科見習生也沒有，可以說是「無人無權無勢」，而我便是沈教授收的第一個門生。我本可以隨便選擇心儀的專科，但我並沒有抱着泊個「大碼頭」從此扶搖直上的心態。相反地，我選擇了一位無權無勢、年輕的沈醫生作我的師父。

我不懂得風水面相術數，也沒有水晶球，沒可能預知當年一位年輕陽光的醫生，他朝會變成了醫學及教育界的巨人。當年的我只知道追隨一個值得自己學習的人，而年輕的沈醫生充滿幹勁，追求卓越，以生命影響生命。多年來他一共吸引了十二個門生，我們常笑稱是「十二門徒」。今時今日，「十二門徒」都已獨當一面，成了國際有名的醫生及學者，在醫學科研和臨牀服務上，留下佳美的腳蹤。

每當我們一班師兄弟閒話家常，想起當年艱苦辛酸、孤立無援的日子，記起當年面對過的人和事，都會有種「寒天飲冰水，點滴在心頭」的感受。今天擁有的，其實是由過去無數的挫折和失敗換來的。毋忘初心，只是一心希望實現夢想，在甚麼地方跌倒就在甚麼地方爬起來；再跌倒就再爬起身。「愛輸才會贏」是我的信念。

現今世代的年輕人比我們當年更優秀、更進步，但他們生命的韌力究竟有多強，又有多少願意不計得失，不斷跌倒不斷爬起，努力地向着標杆直跑？今天的醫療發展着重可量化的指標（KPI），以企業管治文化訓練了一批又一批有質量保證的服務隊伍，但個人面目卻變得愈來愈模糊不清。以生命影響生命的態度去栽培下一代，似乎已變得不合時宜。

師兄弟的離開，有如天下無不散的筵席，人大了各散東西其實都正常不過。師父當年悉心地栽培了我們十二人，今日我們又把畢生所學毫無保留地傳給下一代，讓有志行醫及委身科研的年輕人能夠青出於藍，薪火相傳開去，讓更多不同種族、性別、宗教或政見的人受惠。

二〇二〇年十月十九日

人生如朝露

上星期，一位相識廿載老朋友終於離開這個塵世，世間上又少了一個忠誠、正直，卻又低調的好漢子。

當初認識這位老友，是因為我們的女兒就讀同一幼稚園。孩子永遠是天生的媒人，她們一起玩耍，我們做爸爸的便多了機會見面，很快便成為了好朋友。

香港人人情淡薄，多年的鄰居也不一定成為朋友。難得這個「女兒同學仔的爸爸」卻以真誠待人，從不口蜜腹劍，他的性格有如一本打開的書般展露人前，喜歡或不喜歡，不需要猜度。他樂於助人，卻從不邀功，與他做朋友是一種福氣。

可惜健康往往不是我們可以掌握。約八年前他患上一種罕有的疾病，既沒有可以治療的藥物，更因為併發症的緣故做了多次手術，每一次開刀都帶來更多的後遺症。本來一個健康快活的人卻被疾病逐步蠶食，先令他喪失工作能力，繼而影響他的行動、說話、飲食。

縱然疾病把他折磨得面目全非，但他卻天生樂觀，從不怨天尤人。疾病沒有把他打垮，多少個晚上我們秉燭夜談至夜深。由於他的語言障礙，他只能夠聽我大發謬論，我舉杯暢飲，他就在那裏靜靜地享受着朋友相聚的歡愉。

多年肉體上的折磨受夠了，如今他終於得到解脫，正在另一樂土得以安息。夜闌人靜，想起過往廿載的真摯友情，大家相處的許多片段，原來人生如朝露。不禁覺得世人既可憐又可笑，每天為着無謂的爭拗而虛耗生命，為着安逸及虛榮而違背良心，為着明天的憂慮而忘記今天所擁有的幸福。

執筆至此，忽覺自己雙眼變得朦朧，再不能寫下去。

二〇二〇年十二月十四日

走過四十寒暑

昨天重遇一個中大醫學院校友，自畢業後他便有自己的發展，並取得驕人成就。當日我倆還是黃毛小子，一別數十載，再見感受良多。

「Francis 院長，我以中大醫學院畢業生為榮！多謝你們多年來對醫學院的付出。」他言談間流露出興奮和喜悅。

聽到他這句話，我有點「老懷安慰」，「也要多謝你們校友多年的支持。你們一直在自己專業上有傑出的表現，為醫學院建立了很好的名聲」。

當年在醫學院讀書時大家互有交流，一別多年，我們談起畢業後各自的經歷。兩師兄弟開始想當年，他不禁提起以往的辛酸史。

「當年我們是開荒牛，威爾斯醫院未及落成，我們連教學醫院都沒有。

當年門户之見甚深，沒有一間政府大醫院願意接收我們這群『孤兒仔』！只有觀塘聯合醫院見義勇為，伸出援手，拯救我們這班『弱勢社群』。」我們一邊説一邊笑，但實在笑中有淚……

是的，當年的聯合醫院只是一間偏遠及細小的補助醫院，沒有甚麼教學設施。為了接收我們這班中大醫科生，於是放置了幾個貨櫃箱作為我們的臨時課室。「我們在貨櫃箱的日子」便成為了早年中大醫科生刻骨銘心的集體回憶。但就是這些辛酸和艱難，磨煉我們不怕困難、打不死的精神。

「Francis，那些日子真是點滴在心頭！當年你是高材生，有否後悔選錯了醫學院？哈哈！」這個校友快人快語，説話斬釘截鐵，真誠可愛。我便笑着回應説：「當年我們都選擇了一條迂迴曲折的學醫之路，各有自己的原因。我自小都不喜歡按常規做事，別人要走康莊大道，我卻想看不一樣的風景，哪怕荊棘滿途。別人愈是看不起我，我更要努力向上。正如我畢業後選擇了當時最弱勢的腸胃專科，又有誰估到這群小眾今日成為國際的顯赫團隊，在診斷和治療方面作出了重大貢獻。」

這個校友也分享他的奮鬥史，完成了專科訓練不久便選擇私人執業，起初日子的確絕不容易，如何在沒有背景及人脈關係的「少數族群」中脫穎而出，其艱辛不足為外人道。多年來他不斷努力學習，不單提升專業知識，更在待人處事上磨煉自己。學醫，其實也是學做人，兩者都要終身學習。轉眼數十年，他的事業發展得非常出色，還建立了自己的網絡，提供優質的醫療服務。

近日他得悉中大醫學院躍升至全球前四十名，並適逢學院踏入四十週年，所以他特意向我道賀，亦趁機了解我們未來的發展，希望為醫學院作出貢獻。

「與你一樣，如果人生可以重來，我依然會選擇中大醫學院。這是我人生最好的決定……」聽他這句話，我倆相視而笑，一切盡在不言中。

二〇二一年三月二十二日

1978 年李卓敏醫學大樓奠基

“早年因教學醫院——威爾斯親王醫院仍未落成，中大醫科生須在聯合醫院的貨櫃箱內上課。”

留人間多少愛

「留人間多少愛，迎浮世千重變；和有情人，做快樂事，別問是劫是緣。」這是一位老朋友的喪禮中，他太太為亡夫所用的輓聯。

去年中秋前夕，一位多年不見的老朋友與他的太太忽然登門造訪。當日他臉色蒼白，原來患上了肺癌，發現時已擴散至肝臟及大腦。主診醫生認為他已時日無多。他心有不甘，希望我可以為他另覓名醫。這位朋友還不到五十歲，生活健康，不煙不酒。跟許多香港人一樣，他努力工作，盡心盡力建立了一個小康之家，與太太及兩個孩子本是快快樂樂地住在一個自置的小單位，可是這晴天霹靂的消息卻粉碎了他的美夢。

我找了腫瘤科的同事為他再次詳細檢查，結果仍是不樂觀，標靶藥物或可以讓他多活半年至一年。雖是如此，他仍然選擇每天上班。我問他為何不申請放長假，他卻回答說：「與其每天坐在家裏數算日子，不如過一些正常生活，工作可以忘記傷痛。」

他的太太是中學同學，自小青梅竹馬，畢業後便與我的朋友於同一機構工作，日間努力工作，晚上還要照顧兩個正讀初中及小學的孩子。這個噩夢對她的打擊可想而知，只是為了孩子，她還得堅強地生活下去。

約三個月前這位朋友的健康急轉直下，經常需要出入醫院。再見他的時候，已經變得十分虛弱，但他的太太仍然表現得非常冷靜，日間照常上班，放工後便照顧丈夫及處理孩子的功課。

出席喪禮那天，靈堂一片靜寂，沒有甚麼宗教儀式。除了他的哥哥向到場親友致弔唁詞，他的太太也向她的摯愛說了一番永別的話：「……認識你三十多年是我們的緣份，雖然不能與你白頭到老，但我倆真心愛過，嫁給你仍是我最大的福氣……」

曾經有人說過這番話：「人在起伏的塵世是何其渺小，生命又是何其短暫。快樂不過是短暫生命中的一種體驗……只管和愛人相愛，一起面對世間的酸甜苦辣，經歷人生的艱難坎坷，在這過程中體驗快樂、感受美好……緣盡緣滅，皆非人事。過客或是終生伴侶，不可強求，隨心而動，隨意而行。」

二〇二一年四月五日

天下無不散之筵席

「陳教授，感謝您多年照顧，我要來向您道別了。」又一個與我並肩工作了二十七年的同事向我道別。

當年她大學畢業後便加入我們的科研團隊，由一名初出茅廬的護士，經過長年累月的磨煉，終於成為獨當一面、統領多項國際多中心研究的科研總管。我們的腸胃科團隊過去發表了多項國際頂級研究成果，她實在功不可沒。

培訓這些臨牀科研的專才一點也不容易，我花了十多年才成功栽培了一個如此出色的人才。為何這些專才如此難求？因為這類專才需要長年累月的實戰經驗，既要有穩固的醫學知識，又要懂得與病人溝通。從研究項目的設計、尋找合適參與者、數據分析等，往往花上五至十年才完成一個項目。由於科研訓練過程艱巨，很多人都會半途而廢或學得「半桶水」便跳槽。難得這位同事堅持到底，衝破種種障礙才有今天的成就。所以這類專業人士不單在香港罕有，就連全球大學如新加坡、澳洲等也不斷挖角，網羅這些臨牀科研人才。我敢斷言，在臨牀科研上擁有這類科研人才是成功的必要因素。

「你去英國哪間大學工作？他們的待遇或其他條件真的十分優厚嗎……」我迫不及待地追問這個多年拍檔。可是她只是搖搖頭，淡淡然道：「陳教授，我還沒有找到工作，我只想和家人到新環境生活。到那裏安頓好一切以後，才找工作吧。」

過去幾十年，我在這個地方見證過滄海桑田，人去人留原是平常心看待。雖說天下無不散之筵席，但多年戰友一旦離別，不禁心有戚戚焉，明白她的心情，亦知道留她不住，惟有祝她一路順風。

二〇二一年七月五日

死亡，你有多狂傲？

上星期日早上，忽然收到朋友急電，他的太太突然失去了知覺。昨晚還是一切如常，在家裏煮飯做菜，怎料到大清早便沒有反應。我心知不妙，便叮囑他立即送太太入醫院，同一時間我致電急症室的同事準備接收危急的病人。當她到達醫院的時候已經是半昏迷狀態，發燒及血壓偏低。經初步搶救後便立即轉上病房。由於病人情況不穩定，數小時後再轉送深切治療部。雖然感染的源頭未明，但已採用了強力抗生素對付一切可能的細菌及病毒。

可惜她的情況急轉直下，延至翌日凌晨終告不治，沒有留下半句便離開與她同甘共苦四十載的丈夫。

昨天再次遇上這個朋友，太太剛剛離開了，但他仍不斷地憶述病發前一個晚上的家庭生活點滴。「我倆一起煮飯做菜，她很喜歡我煮的東江豆腐煲……太太一向身體不好，但沒有想過她走得這麼突然……幸好疫情令我不能外出，過去一年可以多留在她身旁……可以找出感染的原因嗎？」

聽他喃喃自語，雙眼，看不見淚水；心，卻是傷透了，苦澀之情瀰漫着整個房間。

看着這個孤零零的朋友，死亡又一次嘲笑我是何等的無能！當死亡來臨，哪怕你有一流的醫療團隊，管你家財萬貫，它誰也不買帳。行醫三十多年，究竟有甚麼可以誇口？只不過是在病魔與死神的大門外討點飯吃而已！不禁覺得世人很可憐，每天營營役役，或是為口奔馳，或是爭拗不休，誰知道疾病與死亡卻在你最不留意的時候奪去你的至愛，甚至你的生命。

死亡，我不是你的對手，從來我沒有在你手裏勝過一個回合。三十多年來你不斷地把我的病人、朋友、至親打垮，你不斷地嘲笑世人多麼可憐及無知。儘管你多狂傲，你卻不能改變人間有情，正如我的朋友臨別的一句話：「能夠與我的太太相識相聚四十年是我的福份，今生無悔！」

二〇二一年八月九日

獨上高樓　望盡天涯路

上星期三，我出席了中大醫學院一個講座教授就職典禮。當日座無虛席，不少城中名人大駕光臨。以往這類型典禮都頗為沉悶，因為那些演説都學術味道太濃。但這名同事卻別出心裁，講述自己孤身來港十二年，如何從低做起，歷盡艱辛而最終得到認同的心路歷程。

故事的主人翁出生於馬來西亞一個普通家庭。她的母親當年因為重男輕女的風氣而沒有機會接受高等教育，所以寄望女兒能夠以學識改變命運。女兒十七歲便隻身遠赴英國留學，由於家境並不富裕，她只有寄人籬下，起初連續三年也沒有機會回鄉探望家人。幾經辛苦才考上醫學院，於一所著名的醫院完成臨牀訓練並取得博士學位，其後更當上了主任醫生。她以為從此會在英國安頓下來，建立前程似錦的事業，此時卻遇上了來自香港的另一半。

為了追隨丈夫，她於二〇一〇年毅然放棄了在英國的美好前途，來到香港這個完全陌生的地方。天意弄人，她剛剛新婚到港，丈夫便被派往上海工作。她在香港舉目無親，加上本地醫委會不承認海外學歷，惟有申請有限度註冊，從一個普通醫生由頭做起。

當年她加入中大醫學院的時候，我是腸胃科部門主管。那時我對她的前途非常不樂觀，因為她不懂廣東話，難與病人溝通；加上她的科研興趣是一種亞洲罕見的消化道疾病，本地難有發展空間。起初她的日子很艱苦，獨自一個人在這陌生的地方埋頭苦幹。為了與病人溝通，她一點一滴學習廣東話。為了堅持自己的科研方向，她孤身走訪亞洲二十多個醫學中心游說結盟，終於證明了炎性腸病的發病率正在亞太區火速上升。如今她是醫治此疾病的國際權威，並獲多間世界級大學頒授客座教授名銜。

她並沒有因這些成就而自滿，更不斷追求卓越。其後她發現人體腸道內數以兆億的微生物具有很大的臨牀應用潛力，可是起初大多數學者都抱着懷疑的態度。二〇一四年，她為一名患上腸道惡疾的病人完成全港首宗腸道細菌移植，拯救了病人性命。經過多年努力，她利用腸道細菌移植已救治了幾百個患上這種頑疾的病人，而她的研究成果更開拓了腸道微生態成為未來藥物治療的新方向。

於講座教授就職典禮當日，她引用了王國維先生的《人間詞話》：「……獨上高樓，望盡天涯路」。意思是指成大業者，必先要有執着的精神，登高望遠，有追求，有目標。

成功，並不是靠聰明才智或背景雄厚，而是憑着一顆堅毅不屈的決心，哪怕被打倒了一千遍，也會再爬起來，面對生命更大的挑戰。

二〇二三年三月二十七日

感悟

人生百味

又到了父親節

我這個爸爸，一向都是扮演着孩子心目中的「好朋友」。小時候，女兒喜歡那隻紫色恐龍 Barney 的兒歌，我便跟着她們載歌載舞。她們熱衷「枕頭大戰」，我便一於奉陪到底，決戰三百回合。她們愛吃粢飯，縱是夏日炎炎、長途跋涉，我亦把熱烘烘的粢飯帶回家。我說：「爸爸回家了！」她們卻道：「粢飯回來了！」雖然鬥不過粢飯，我仍經常攬着她們，問一些很愚蠢的問題：「你哋錫唔錫 Daddy 呀？」「覺得 Daddy 錫你哋多唔多呀？」每次聽到她們答：「錫」、「好多」，我就會覺得很開心，很滿足。

孩子漸漸長大了，她們已不再喜歡 Barney，不再眷戀「枕頭大戰」，也不再那麼愛吃粢飯了。人長大了便有自己的好朋友及追求的生活，我這個「好朋友」惟有退下戰線，靜靜站在大後方，一直默默地守護着他們，隨時候命出征。

時代不同了，父親的角色也起了很大的變化。小時候家境清貧，爸爸獨力挑起家庭重擔。天還未亮便外出工作，日落西山後爸爸才拖着疲倦的身軀回家。那些年，爸爸是一個沉默寡言的嚴父，生活簡樸，沒有甚麼天倫之樂。但清淡的生活卻容易滿足，現今生活環境改善了，人卻不比以往開心。

無論甚麼年代，做爸爸的總是默默地付出，只要孩子能健康快樂，他即使退到幕後亦無怨無悔，支撐着他心窩裏的主角天天成長，卻又無奈地看着她們的背影逐漸遠去。

今天是父親節，祝願天下為子女默默耕耘的爸爸：「父親節快樂」。

二〇二〇年六月二十二日

與狼共舞

天還未亮，我便已起牀預備出席一個由日本主辦的國際大型會議。過往我站在台上，面對過千人發表科研成果；如今只能利用Zoom，對着鏡頭說話。科技雖然可以傳達知識，但要深入交流卻是困難重重。話雖如此，這個新的會議方式減省了不少出門遠行的時間，也有其優勝之處。

趕及早上九時半返回辦公室，我立即要到內鏡中心工作。開工以前，我定必先幫襯醫院的咖啡店。咖啡是我的精神支柱，多項研究均顯示咖啡可以減少患上認知障礙的風險，所以「每朝一杯咖啡」是我的指定動作。

每星期都有很多市民參與衞生署的大腸癌篩查計劃。身為這項目推動者，我一直積極參與這計劃，希望鼓勵更多市民接受大腸檢查，預防這個既可怕卻又可避免的疾病。我的夢想是要將大腸癌變成歷史。

忙畢了整個早上，我便折返辦公室清理一大堆文件。我有四個非常勤力的秘書，她們每天都殷切地等待我回來決定不少左右為難的問題，包括人事、財政、策劃等等。沒有她們背後的支持，我的日子「不堪想像」。

中午是預留給我的創科團隊，我差不多每天都跑去位於白石角的科學園，跟他們討論科研進展。醫學科研分秒必爭，沒有朝九晚五或公眾假期。為了完成研究，團隊往往不眠不休，多年來革新了不少診斷和治療的方案，成果有目共睹。研究團隊眾志成城，那份毅力和恆心，令我深信改善人類未來健康並非癡人說夢。

下午是每日最「精彩」的時段：見病人、臨牀教學、管理層會議、接待來賓、出席其他公共及教育活動等等。以往每天只可能參與幾項活動，如今有了新科技，我最高紀錄是同一時間出席三個視像會議。科技表面上提升了效率，但人與人的距離卻不知不覺間拉遠了。

忙了一整天返回辦公室，秘書已經離開了，竟發現有一名同事站在門外等候多時。我有點意外，因為事前不知道他會找我。他悵然地說：「陳院長，多謝你多年來的照顧，這是我的辭職信，我全家將要移民了。」

「為甚麼？是否我這個院長有甚麼地方做得不夠完善？我樂意聽你的意見和改變。」我感到有點兒焦慮。

「陳院長，請不要誤會，是我個人原因，這個地方……不適合我吧！其實天大地大，我相信海外也有不少大學或醫院向陳院長招手，對嗎？」

他去意已決，但多年共事，總不免感到有點唏噓。他忽然問我對去留的想法，我只是淡淡然道：「我留下，因為香港仍有用得着我的地方。你的離開真是十分可惜，但人各有志，我也衷心希望你找到自己的安樂窩。」

我跟這名同事聊天，不知不覺已到晚上八時半了。太陽早已下山，再沒有長長的影子伴着，只有獨個兒帶着一如以往的執着回家。返到家，又得趕快用膳。今晚十時正還要參加一個美國的視像會議。

二〇二一年三月一日

再見牛頭角

「請勿靠近車門……下一站牛頭角……」昨天，我重回小時候的居所。當年離開這裏的時候，地鐵才剛剛通車。數十年沒有歸來，這個我成長的地方原來已經起了翻天覆地的改變，童年時的回憶驟然湧上心頭。

下車後第一時間便跑去「蘭香園」。噢！原來當年馳名牛頭角的茶餐廳已於去年結業了，就連鄰近的「光明書局」、「欽發士多」及我最怕打針的「楊醫生醫務所」都統統消失了。時間從來都是最無情的巨輪，它不會為任何人和事停下來，卻在不知不覺間輾碎我們最珍惜的一切。

小時候家境窮困，爸爸是的士司機，養活我們一家大小。弟弟自小考上了九龍塘名校，而我則留在觀塘唸小學。雖然後來我也終於考上了九龍塘名校，但為了節省每月八塊錢的校巴費，父母還是決定把我留在一所寂寂無聞的本區小學唸書，這亦展開了我自小就「不走康莊大道，只往羊腸小徑」的序曲。

既沒有零用錢，我小時候只能在居所的四周活動，引用今天的術語，就是「二十分鐘生活圈」，生活的範圍總離不開居所步行二十分鐘內的地方。一直到我升上中學，媽媽開始給我一點零用錢，才第一次與同學「大鄉里出城」到尖沙咀去見識世界。

小時候我不喜歡讀書，更不喜歡上學，所以經常吃媽媽的「藤條燜豬肉」。我的集中力很差，老師亦經常指摘我過分活躍，所以自小被幼稚園老師罰企廁所，被小學訓導主任恐嚇要踢出校。這些辛酸的回憶歷歷在目，時光雖然飛逝，滋味卻點滴在心頭……

曾經有人問我，是否兒時的艱苦激起奮發向上之心，立志成為醫生、學者，甚至是醫學院院長？其實我不太懂得為明天籌算，但相信每個人心裏都有一團火，我只是跟着這團撲不熄的火一股勁往前衝，哪怕身邊的人嘲笑我傻、不自量力。當然，焦頭爛額在所難免，但這些挫折其實是我的「加油站」，讓我有能力面對更大的挑戰。

如果可以乘搭時光機，回去重遇童年的我，我會和那個小孩子這麼說：「你以後的日子將會遇到很多挫折、困難。你覺得正確的事，會有很多人質疑；你想做的事，很多人覺得是癡人說夢；你努力幹出來的成績，亦會被人當是笑話，甚至當眾侮辱和恥笑一番。但這些都不重要，你一定要相信自己，無論遇到甚麼事也不要動搖，走過高山低谷之後回望，你會看到別人看不到的風景。」

我一直由畫眉樓慢慢地行到山腳已消失的水仙樓（現今的玉蓮台），回頭望這個成長的地方，我對它說：「多謝你讓我在這裏成長，多謝你沒有給我高級住客會所，讓我懂得享受在烈日下盪鞦韆之樂；多謝你沒有給我貴族名校，讓我懂得輸在起跑線、愛拚才會贏。」但願這個地方繼續孕育一代又一代奮力拚搏的「笨小孩」。

二〇二一年三月二十九日

兒時點滴

小時候，一家人住在牛頭角廉租屋邨的一個小單位。當年的公共房屋沒有梗房，用現在的術語就是「開放式」單位（studio flat）。於是爸媽便用木板間出一間睡房。當年的板間房空氣也算流通，因為頂部都是打通的，而我和弟弟則做廳長，一張紮實的鐵碌架牀給我打造了一身硬骨頭。

由於地方淺窄，傢俬是多功能的。一張正方形鐵枱是我和弟弟日間做功課的書桌，晚上它便變身成一家人的飯桌。當然，晚飯後它又打回原形，我又被迫返回原位繼續「服刑」。每天學校的功課總像千層糕般厚，我不明白為甚麼要溫習那些「艱辛」及「沉悶」的課本；加上我的集中力屬於超低一族，所以我自小習慣捱更抵夜，因為不能完成功課的後果非常嚴重，只有「加監」，沒有「緩刑」。

現在回想過來，我當年就讀的小學其實是鍛煉未來醫生的搖籃。沒有金錢，沒有娛樂，生活過得簡樸。偶爾爸爸帶我們一家人到觀塘銀都戲院看電影，當別人觀賞*Gone with the Wind*、*Doctor Zhivago*、*West Side Story*，我們的選擇卻是《智取威虎山》、《紅色娘子軍》、《白毛女》，引用現今觀念，我應該自小接受了國民教育。觀賞電影後的節目便是到裕民坊的中匯國貨公司，還記得當年爸媽用了多年的積蓄買了一個心愛的小花瓶，可是不久之後我在家裏踢球，把他們的這個至愛打個粉碎，之後所發生的「可歌可泣」劇情……那個還是不好說吧！

媽媽怕我跑到球場容易學壞，所以經常把我困在家裏。除了做功課外，我還會協助媽媽「剪線頭」。為了幫補家計，媽媽每天都從工廠取了一袋又一袋的衫褲回家，那個腳踏衣車便是家裏一個重要的經濟來源。我自小學習做生意，清除一百件衫褲的線頭便可以掙取半毛錢，多勞多得。

掙了錢便要找機會享受一下辛勞的回報，當年經常有流動小販背着擔挑，跑到屋邨各層售賣零食，而我最喜愛的便是新鮮爽口的「白糖糕」，一張白紙包着兩件白色三角形、入口鬆軟有彈性的甜糕，亦標誌着我努力工作的成果，這傳統美食盡顯何謂「簡單是福」的道理，到現在仍令我非常回味。

「那些年」只是上一輩甜酸苦辣的回憶，用作茶餘飯後的話題。時代變了，現今居住空間不比以往大，但物質卻比以往豐富得多，只是更多的物質卻帶來更難填滿的空虛。以往是追求物質的世代，現今卻是一個「後物質主義」的年代。不論是屬於甚麼年代的人，既然活在同一天空下，就讓我們學習共融、互諒吧。

二〇二一年五月三日

與媽媽走過的日子

小時候，媽媽在我生命中佔了很重要的地位。我讀下午班，滿以為可以日上三竿才起牀。可是弟弟讀上午班，大清早便要乘校巴返學。由於爸爸天未亮已離家開工，媽媽不願把我獨留家中，所以我每天便被媽媽從被窩「剷起」，跟她一起帶弟弟上學去。早起牀的一點安慰獎便是媽媽讓我在街邊吃豬腸粉（即現今的齋腸粉）。熱烘烘、皮薄爽口的豬腸粉，加上甜醬和花生醬，絕對是極品！兒時的豬腸粉總是比現今的甚麼鮮蝦或帶子腸粉好吃得多。

媽媽的學歷只有小學程度及幾年夜校的學習經驗，卻肩負為我補習的重擔。當年她手執藤條，坐在我身旁「嚴刑」監督我做功課，經常要求背默課本至深宵。還記得她用間尺以紅筆間着艱深的中英文字（當年還沒有熒光筆），要求我重複溫習。最痛苦的功課算是毛筆書法，媽媽經常撕掉我的作業，要求我從頭再寫直至她滿意為止。老師及同學笑我總是滿身藤條痕，幸好我練得皮韌肉厚，把別人嘲笑當唱歌，自小已學識「橫眉冷對千夫指」的心態。

由於家境清貧，媽媽每天只給我兩毛錢，買了汽水便沒錢買零食，所以我自小學會精打細算，每星期小心計劃究竟應該買汽水、「拮」魚蛋還是吃花生糯米飯？放學回家經常覺得肚餓，有時候媽媽會配給我們幾塊「積及克力架」，那個鐵盒可以廢物利用，我的寶貝「公仔紙」便存放在這些耐用的盒子。吃光了克力架怎麼辦？媽媽還有絕招，就是豬油加豉油撈飯！這種兒時美食至今仍是我的至愛，添上兩份豬油一份豉油，我隨時可以吃兩大碗白飯。

偶爾媽媽也會帶我和弟弟「出外旅遊」。當年由觀塘去元朗單程連候車時間要花上兩至三小時，所以媽媽經常對我說去元朗跟去日本差不多，不必要花錢買機票。其實我們的行程也多姿多彩，從觀塘乘十四號巴士到佐敦道碼頭，然後轉乘五十號單層巴士去元朗。途中先往十一咪半海灘游泳，再前往十七咪的青山酒店流連，最後一站便是元朗大馬路逛街，冬天於元朗馬路旁吃熱烘烘的老婆餅簡直是滋味無窮。

長大了，媽媽的孩子當了醫生，可是媽媽眼中的我還是當年的黃毛小子，她寧願返回屋邨找小診所的相熟醫生，也不相信她家裏在大醫院工作的醫生兒子。歲月不饒人，媽媽老了，記憶力日漸衰退，每天打十多次電話問着我相同問題。當年手執藤條、目光凌厲的媽媽如今扶着手杖、白髮蒼蒼，許多往事已變得模糊不清，兒時跟她一起走過的日子只剩下零碎的共同回憶。

母親節，是否只代表與媽媽出外吃一頓飯？

二〇二一年五月十日

青葱歲月

「在昨日青葱歲月，分擔失意，分享笑聲……」

中學年代是我的黃金歲月。每天早上六點便離家，睡眼惺忪地步行至牛頭角巴士總站，乘搭２Ａ巴士前往位於大角咀的中學。當年巴士班次疏落，巴士站排長龍「打蛇餅」是正常現象。排隊候車往往要花上一個小時，遇着狂風暴雨更是狼狽不堪，如果不能夠於七點三前逼上巴士便必定遲到。大熱天時，在巴士內逼沙甸魚的滋味還是記憶猶新。當年手持學生證有半價優惠（車費一毛半），由於不是每輛巴士都有售票員，所以口袋裏一定備有五仙硬幣，否則便要請求其他排隊的學生「一起」付車費。

我的學校是「和尚寺」，位於工廠區，校舍狹窄，只有一個細小的多用途露天球場。年輕小伙子精力旺盛，球場總是籃球足球滿天飛，一不小心便「食波餅」。我是籃球發燒友，每逢小息便衝去球場，玩至全身大汗才返回班房繼續上課。當年沒有空調，所有窗口又是密封，天花上的大風扇是唯一的散熱工具，臭汗味隨風飄揚，現在回想起來真是苦了那些當年默默忍受我們的Miss（女教師）。

夏季上課採用夏令時間，下午一點便放學。一班同學不願太早回家，於是到附近吃午飯。最近的大牌檔在九龍殯儀館旁，一元八角一碟火腿蛋飯附送一杯凍檸茶。午飯後乘機走入殯儀館享受免費冷氣，那些職員也相當友善，眼見我們一班窮學生雖是「有客到」，但還是讓我們靜靜地坐於一旁「涼冷氣」。

假如口袋的零用錢比較充裕的話，我們便會經塘尾道步行到旺角通菜街附近吃午飯。那裏選擇比較多，「綠葉餐廳」有三元一份的學生餐，有

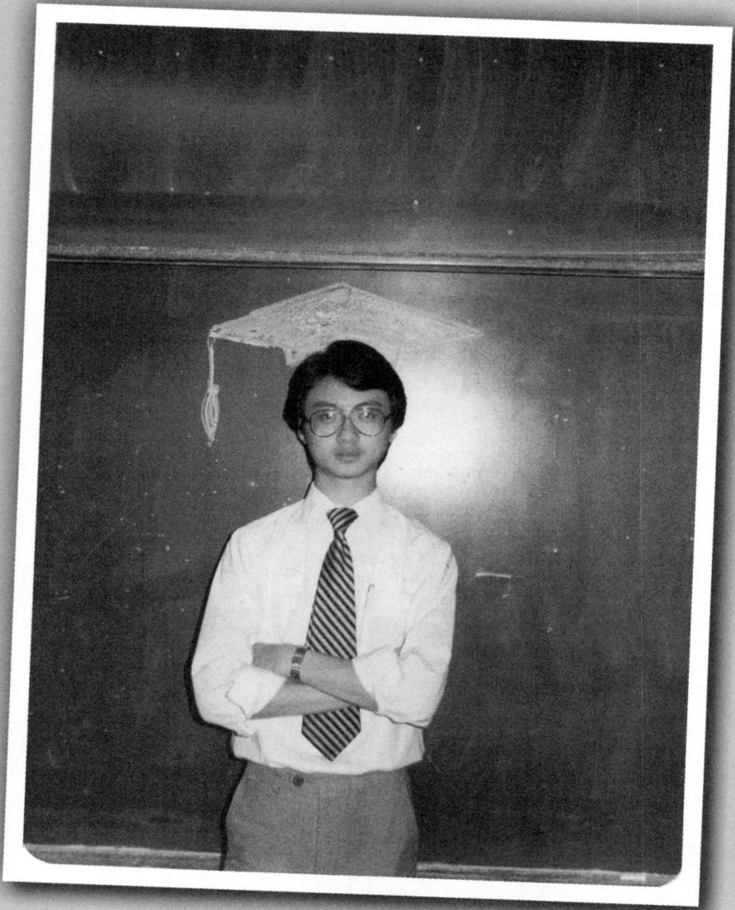

我的中學照片

餐包、牛腩飯和凍飲。不想吃西餐還有街尾的「日章居」吃客家菜，它的炸豬大腸及鹽焗雞飯是旺角一絕，可惜這些店舖在昂貴的租金壓力下已成歷史。

夏日炎炎，飯後的消暑好去處便是「大大百貨公司」。當年通菜街一帶有很多波鞋店舖，還記得一些富有的同學花了一百八十元買了 Adidas 的頂級球鞋 Forest Hills，惹來無數艷羨目光。但我的「前進牌」球鞋也不見得比下去，二十多元便有交易，可以全天候穿着兼質地耐用。

暑期工是我的零用錢主要收入，我的工作經驗也相當豐富，曾經在大大百貨公司賣牛仔褲，也在工廠包裝女裝內褲。最深刻印象算得上是送外賣，曾經我單人匹馬一口氣送九份咖喱牛腩飯（飯餸分開共十八碟）跑上四樓公寓，遇上那些手臂紋有左青龍右白虎的大漢心情好，打賞貼士更特別多。

掙了錢便與一眾同學到凱聲及麗聲戲院吃爆谷看電影，當年前座最便宜，遇着全場爆滿，坐在前座第一行看兩個小時電影後便覺頸梗膊痛，最懷念的電影包括《中途島戰役》、《第一滴血》，以及譚校長和倪淑君的《陰陽錯》。當年我看了三次《陰陽錯》，正是少年十五二十時……

往西貢野外露營是一種自我磨煉，背着幾十斤營帳、炭、火水和罐頭攀山越嶺，先到赤徑，繞過蚺蛇尖，然後到達大浪東灣紮營。一班同學燒飯變了「三及第」（即上層生米，中層熟飯，底層飯焦），黃昏於涼快的河流邊唱歌邊洗澡，晚上躺在沙灘上觀看星空，暢談各人夢想。

轉眼數十載，老同學再次聚首，當年的年輕小伙子如今中年發福、頭髮稀疏。有些同學雖已名成利就，但大家都覺得高級會所的乳豬全體總比不上當年炸豬大腸的滋味……

「……在昨日各散東西，不知不覺，如遺失這一切。」

二〇二一年五月十七日

拳王，我們再來一回合！

我喜歡一邊工作一邊看舊電影，一個週日深夜我重溫《洛奇》（*Rocky*）。它是一部一九七六年美國電影，由史泰龍編劇兼主演，講述一個寂寂無聞的拳手洛奇，被世界拳王阿波羅選中與他比賽，目的只是利用洛奇作為自己的宣傳伎倆。因為兩人實力太懸殊，洛奇根本沒有機會取勝，所有人都認定洛奇於三個回合之內必被擊倒。可是這個無名小子不甘向現實低頭，明知沒有可能贏，也不肯認命。於是他每日積極訓練，不單鍛煉技術，更操練鬥心。最終世界拳王還是以點數贏了洛奇，可是洛奇並沒有於三個回合內被擊倒，反而打足十五回合，當所有人都認為洛奇無力再爬起，他卻偏偏又站起來。他雖被打至雙眼不能張開，但他卻依然揮拳再賽。

最後雖然輸了拳賽，但在眾人心目中他才是真正的勝利者。自此史泰龍便成為荷里活著名影星，洛奇亦因此成為家喻戶曉的角色。

有人可能覺得這只是一套宣揚美國夢的低成本商業作品，現實世界根本不可能發生。或許沒有拳王是如此誕生，但這齣虛構的電影故事卻是現實生活的寫照。

就以這齣電影的主角史泰龍為例，他出身寒微，沒有任何上流社會背景或關係，參與電影工作多年卻沒有甚麼出色的表現。他不單沒有俊俏的面孔，早年的影評人更笑他面無表情，說話含糊不清，根本不是演員材料。原來史泰龍出世的時候被助產手術鉗傷了面部神經，令他臉頰永久癱瘓。在世人眼中，他是一個徹徹底底輸在起跑線上的人，究竟他的成功是幸運之神眷顧還是靠努力爭取得來的呢？在一次訪問中，記者好奇地問他如何構思這個劇本，史泰龍便直言這齣戲正正反映他對生命的看法。

我也覺得人生有如一場終生的拳賽，但很多人卻早已認輸，放棄這場賽事。正如史泰龍所說：「現實世界並不是經常陽光普照或是彩虹處處，它可以很殘酷。不論你有多強壯，只要你放棄的話，現實生活可以把你擊至雙膝下跪，再也站不起來。」為甚麼？因為現實不會給予我們特別機會，它也不會輕易讓我們夢想成真，假若向現實低頭的話，我們的意志便會逐漸被消磨。

想當年我也是出身草根，既沒有於名校受教育更沒有顯赫靠山，拳賽未正式開始已輸了大半，但每次我覺得捱不下去的時候，便會對自己說：「再捱多一個回合吧！」不認命的性格令我捱過一個回合又一個回合，再艱難我仍是要再站起來。

我覺得生命精彩之處並不在乎你出的拳有多重，而是你捱過多少重拳後仍能爬起來再向前行。

拳王，我們再來一回合吧！

二〇二一年七月十九日

“

我覺得生命精彩之處並不在乎你出的拳有多重，
而是你捱過多少重拳後仍能爬起來再向前行。

”

專家

我有一個奇怪的習慣，每年年初必定往便利店購買一些預測來年投資的報刊及書籍，包括股票、地產、外幣。作者都是自稱或被譽為專家，以盈利、政治、大數據等分析，建議投資策略。更有一些堪輿大師，以風水、流年、八字、易經等預測經濟走勢。這些文章往往是圖文並茂，字字珠璣。

可是我沒有認真閱讀內容，便把這些報刊及書籍全數鎖於書櫃內，直到一年後才把這些專家文章拿出來重溫。剛剛昨天讀完了某月刊刊登於二〇二一年一月的全年投資攻略，我不禁會心微笑，慶幸自己當日並沒細心閱讀。假若去年初我跟隨這個投資指引去做的話，現在便會損失慘重。

我希望重溫這些寫於一年前的投資預測，可以幫助我尋找那些不是人云亦云，而是有真知灼見的高人。可是多年來我回顧這些「過氣預測」，卻沒有找到一個真正可信賴的專家。其實再細心想想，這些專家如果真是如此料事如神，他們便不用出版這些讀物了。

有一個好朋友曾經這樣說：「要成為專家必須經過三個階段，第一個階段是被人欺騙，第二個階段是自己欺騙自己，第三個階段便能夠欺騙別人。可惜大多數人都是停留在第一及第二個階段，只有達到第三個階段才是真正的專家。」

香港地方雖小，但是各式各樣的專家實在比比皆是。每天翻閱報章或打開電視，都有很多專家發表偉論及作出種種預測。偶然有些的確是真知灼見，可是不少見解卻是內容空泛，以語言偽術告訴我們原來「阿媽係女人」。有些意見更是嘩眾取寵，語不驚人死不休。

世事多變，禍福難測。與其盲目相信專家，不如努力充實自己，自求多福。

二〇二二年一月十七日

臘味油鴨煲仔飯

我喜愛冬天，因為我怕熱不怕冷。縱是十五度，我還是穿着恤衫披上一件薄薄的外套。這可能是因為自小被迫練成一身銅皮鐵骨。

小時候，我最喜愛爸爸親自下廚炮製煲仔飯。還記得爸爸的秘訣是用傳統瓦鐣燒煲仔飯，瓦鐣燒飯的特點是飯的口感，乾爽的白飯粒加上煲底的飯焦是電飯煲不能做到的。偶然能夠在寒冬下，一家人圍着熱烘烘的炭爐燒飯倍感滋味！

在眾多款式的煲仔飯中，臘味煲仔飯是我的至愛。而我特別喜愛吃「加料」的臘味煲仔飯，除了臘腸、膶腸，還加上臘鴨髀、臘肉及「金銀膶」。臘鴨及臘肉令煲仔飯添加不少香味，而「金銀膶」就是把肥豬肉釀進豬膶中，因為外面深紅色的豬膶包裹着透明的肥豬肉，所以得到「金銀膶」的稱號。

我有很多朋友都感到非常驚奇，為甚麼這個醫生竟然喜愛如此不健康的食物。無可否認，臘味煲仔飯是高鹽及高膽固醇的食物，對於「三高」人士有害無益；再加上醃製食物大多含防腐劑，經常食用可能增加患胃癌及大腸癌的風險。我並非鼓勵不健康飲食，也認為每個人都應該為自己的生活習慣及行為負責任。如果你已是「三高」人士或家族有腸胃癌，健康的飲食習慣無疑會令你感到較安心。

而我卻比較喜歡無拘無束的飲食習慣，從不刻意計較食品質量。我相信真正的健康飲食文化，就是能夠開開心心與親人或好友暢飲共膳，這是一種福氣，亦是一種有效的心靈治療。

二〇二二年一月二十四日

桃花庵歌

桃花塢裏桃花庵　桃花庵下桃花仙
桃花仙人種桃樹　又折花枝當酒錢
酒醒只在花前坐　酒醉還須花下眠
花前花後日復日　酒醉酒醒年復年
不願鞠躬車馬前　但願老死花酒間
車塵馬足貴者趣　酒盞花枝貧者緣
若將富貴比貧賤　一在平地一在天
若將貧賤比車馬　他得驅馳我得閒
世人笑我忒瘋癲　我笑世人看不穿
記得五陵豪傑墓　無酒無花鋤作田

以上是明代文學家兼畫家唐寅（唐伯虎）所作的一首七言古詩《桃花庵歌》。當年沈祖堯校長離開香港之前，我再三請求沈校長以此詩寫書法，並掛在我的辦公室留念。

此詩唐寅以桃花仙人自喻，表面上全詩都是充滿了花、笑、酒醉、酒醒等不羈的字眼，但再三咀嚼卻是發人深省。首四句是敍事，詩人自稱是居於桃花塢裏桃花庵中的桃花仙人，以種桃樹賣桃花換酒錢，寥寥幾句話便在我腦海中浮現出一名倜儻瀟脱的隱士。

次四句描述了詩人寄情於花與酒。他以花為伴、與酒為友，正如詩人所說：「酒醒只在花前坐，酒醉還須花下眠。」日復日，年復年，沒有任何改變，我反覆思量，詩人對於前塵往事究竟是放下了還是放不下？

接着四句詩人點出自己做人處世心態，寧願「老死花酒間」也不願「鞠躬車馬前」。權貴「車塵馬足」何等氣派，詩人卻滿足於酒杯花枝的澹泊生活。下面四句詩人把富貴與貧賤作出強烈對比，表面上雖是「一在平地一在天」，那些權貴卻小心謹慎、如履薄冰；反而貧者卻活得逍遙自在。

我鍾情這首古詩，詩人以畫面鮮明、旋律豐富的文字點出一種隱世心態。只可惜身處俗世，又何處尋找桃花塢？多年來，我在自己的崗位上見證了不少人性光輝的故事，但同時我也看盡了人性陰暗的另一面；學識、財富、地位往往只是表面上的包裝而已，慶幸自己的摯友大多都是無權無勢的「豬朋狗友」，正所謂「仗義每多屠狗輩」，曹學佺先生的這句話所言非虛。

既然俗世沒有桃花塢，惟有心中築起桃花庵，「世人笑我忒瘋癲，我笑世人看不穿」。

二〇二二年四月四日

「Francis，如果你接任中大醫學院院長，你會為醫學院定下甚麼重要目標？」這是八年前我應徵這個職位的時候，大學評審委員會主席向我提出的問題。

「我曾在這地方接受教育，這裏的教授都是不可多得的老師，我深信我們有能力栽培最優秀的學生成材，所以我要令立志學醫的莘莘學子認同中大醫學院是他們不二之選。」我接着說：「這裏有很多有幹勁、有潛質的科研人才，我們的科研成就媲美外國頂尖學府，所以我有信心中大醫學院有潛力躋身全球前五十名的大學。」

還記得當我説畢這番話，面試房間頓時變得鴉雀無聲，有些評審委員張口結舌，而評審主席更向我展示一絲輕視的微笑，說：「年輕人，不是你想得那麼簡單吧！」

當我踏出面試房後，內心感到十分納悶、不是味兒，於是便找老前輩大吐苦水。那名前輩向我曉以大義：「家亮，凡事應量力而為，要與海外百年基業並駕齊驅，談何容易？年輕人應該按部就班，不要發白日夢啊！」

雖然前輩句句都是金石良言，「但如果人生沒有夢想，那跟鹹魚有甚麼分別」？我愛吃鹹魚，但我不甘心做一條在汪洋中迷失方向、浮浮沉沉的鹹魚！

感謝當年大學管理層給予特別機會，容忍我橫衝直撞。既沒有行政管理經驗，又沒有達官貴人祝福，更沒有多才多藝的基因，在缺乏優勢之下，我這個「院長醫生」實在是碰得焦頭爛額。

幸好我還有自知之明，既然自己沒有本事，便禮賢下士，邀請比自己強、能夠獨當一面的同事加入醫學院的管理團隊，分別肩負了教育統籌、學生成長、科研發展、社會服務、內地及國際事務等重擔。

多年來我體會了一個道理，就是總要相信隊友比自己更強、更專業，要讓內行人領導我這個外行人。

轉眼間已過了八個年頭，中大醫學院成就了一個又一個奇蹟，秘訣並不是倚靠愛吃鹹魚的院長，而是把機會給予有潛質及抱負的人才，不論是教授、學生抑或是校友，讓他們發揮小宇宙、建立合作團隊，多年來他們為醫學院闖過一個又一個難關，攀越一個又一個高峰。

要追求夢想就不要畏懼別人的眼光，人生沒有幾多個十年，與其低頭認命，不如一生追夢，讓自己無悔今生。

二〇二二年四月十一日

難得糊塗

過去一個月異常忙碌，除了每天照顧病人及籌備「長新冠」的科研工作以外，還要頻頻出席會議，需要審理的事項都是十分繁複、挑戰重重，與會者亦經常各持己見、爭辯不休，人生百態，盡覽無遺，原來衣冠與學識只不過是披在外面的一件羊皮。

偶然在書架找到一本書法選集，當中鄭板橋的「難得糊塗」尤其令我着迷。於是我便上網尋找這四個大字的來歷及意義，細讀多篇文章後頓覺板橋先生的「難得糊塗」是活在當下的大智慧，以下內容除了個人意見，還取材自多個不同的來源。

鄭板橋，原名鄭燮，號板橋，人稱板橋先生。清代書畫家、文學家。

曾於乾隆年間為官，政績顯著，後客居揚州，以賣畫為生，為「揚州八怪」重要代表人物。

據說「難得糊塗」這四個字是板橋先生在山東萊州的雲峰山寫的。那一年他遊歷至這地方，晚上借宿於山間茅屋，屋主是一位自命糊塗的老人。這老人家中陳列了一方桌般大小的硯台，並邀請板橋先生題字以便刻於硯背。板橋先生便題寫了「難得糊塗」四個字，並印上「康熙秀才雍正舉人乾隆進士」。

因為硯台很大，板橋先生題字後尚有餘地。於是他請老先生寫一段跋語，老人便寫了「得美石難，得頑石尤難，由美石而轉入頑石更難。美於中，頑於外，藏野人之廬，不入富貴之門也。」之後他用了一塊方印，並印上「院試第一，鄉試第二，殿試第三」。板橋先生大驚，知道這老人是一位退隱的官員，細談之下，有感於糊塗老人的命名，板橋先生便補寫了一段：「聰明難，糊塗尤難，由聰明而轉入糊塗更難。放一着，退一步，當下安心，非圖後來福報也。」

「聰明難」，成就大事需要遠大目光及極高的執行能力，要有如此聰明才智固然困難。「糊塗難」，要得過且過、庸碌過活本來並不難，但一心要成就大事的人絕不願意如此苟且偷生，因此糊塗也難。

「由聰明而轉入糊塗更難」，雖有聰明才智及一生抱負，奈何現實世界這個大舞台卻有它的遊戲規則，指鹿為馬、阿諛奉承、顛倒是非黑白等等都看在眼內，雖不願埋沒良心、同流合污，但要裝作糊塗繼續活下去卻是更難。板橋先生以寥寥數句，便把這份無奈表達得淋漓盡致。

款跋最後一句「放一着，退一步，當下心安，非圖後來福報也」表達了板橋先生處世之道。他覺得做人要知所進退，以現今世代的說法，就是忍一時風平浪靜，退一步海闊天空，不求一己私慾或世人回報，但求心安理得。

當然，不是所有人都認同這種欠缺積極拼搏、敢怒不敢言的處世態度，然而「糊塗」亦包含着大智若愚的意思。無論怎樣，我覺得人立於天地之間，總要無愧於心。在逆境中韜光養晦、自我反省，學習收斂與包容，留得青山在，終有一展所長的機會。

二〇二二年五月二日

劉姥姥進大觀園

我自小是一個敢言的笨蛋。還記得上小學的時候，我問班主任：「老師，是否兇惡的人才可以當班主任呢？」結果整個下午被罰企廁所。當我還是年輕醫生時，質疑一名自以為是大國手的判斷，問：「這個病人只是患上中度肝硬化，你為何鼓勵他接受肝臟移植手術？」事後我被上司召見，說我險些令兩個部門發生「外交風波」。近年來我運氣似乎特別好，經常有高人指點迷津，提醒要學習觀察人心，不要逞一時之勇。

閒來無事，偶爾閱讀一些文章介紹《紅樓夢》中「劉姥姥進大觀園」的故事，頓然覺得除了「難得糊塗」以外，還有劉姥姥這個鄉村老婦的大智慧。

話說劉姥姥是個貧窮的農家村婦，家裏的錢花光了，女婿又沒有本事。為了一家人的生計，便厚着臉皮認親認戚，走進了奢華的賈府尋求幫助。

當時賈府的王熙鳳看不起這個窮村婦，刻意戲弄她。王熙鳳特意拿來一雙又長又重的筷子給劉姥姥夾鵪鶉蛋。面對這樣的戲弄，劉姥姥卻笑着說：「這裏的雞兒也俊，下得這蛋也小巧，怪俊的。我且得一個兒！」她哪裏夾得起鵪鶉蛋來？好不容易夾起一個來，正伸着脖子要吃，鵪鶉蛋又滑掉在地下。劉姥姥卻毫不在意，明知別人有心留難，她卻嘆氣：「一兩銀子，也沒聽見個響聲兒就沒了！」為了生計，她放下自己的尊嚴，故意讓大家取笑。最終那個巧言令色的王熙鳳施捨了她二十両銀子，劉姥姥高興得眉開眼笑，還對鳳姐千恩萬謝：「你老拔一根汗毛比我們的腰還壯哩！」

正所謂風水輪流轉，多年後劉姥姥再進賈府的時候，賈府卻已被抄家，賈母、林黛玉及王熙鳳已死，而鳳姐之女兒（即金陵十二釵的賈巧兒）淪落青樓，並險被賣給別人作妾。劉姥姥為了救巧兒，不惜花重金把她贖回來。

或許有人覺得劉姥姥面對困境時拋棄尊嚴，對於有風骨的人是不可接受。在我看來，劉姥姥懂得自嘲，能屈能伸，善於觀察人心，以巧妙的人際關係在賈府贏得上上下下的信任。她亦宅心仁厚，沒有因當年受辱而求一雪前恥，反之胸襟廣闊、感恩圖報。

我覺得現實世界也有像《紅樓夢》裏的大觀園，表面上富麗堂皇、天上人間，內裏卻盛載了扭曲與善良的人性 。看倦了那些外表衣冠楚楚的嘴臉，更覺得要學習劉姥姥活在當下的大智慧。

二〇二二年五月九日

那人卻在燈火闌珊處

今天大清早便開了兩個多小時的視像會議，忽然有友人登門造訪。這名相識多年的朋友平日公務繁忙，加上疫情肆虐，大家往往依賴 WhatsApp 通訊，難得與好友再次相聚，真是喜出望外。

「Francis，轉眼間你當了院長已有九年多了，在你領導下的醫學院亦頗有成績，可有想過為自己的事業再闖另一個高峰？」老朋友這個突然而來的問題，我一時間不知如何應對。

還記得當年前任醫學院院長需要提早接任大學副校長一職，於是我臨危受命，當了一年暫任院長然後正式當院長。在缺乏管理經驗及精心策劃下，只有心口掛個「勇」字。雖然頻頻撞板，但由於沒有個人私心，只是專注如何提升醫療服務、教育及科研質量，反而贏得社會大衆及同事對醫學院的正面評價及支持。

多年來我體會了一個道理，就是要盡心盡力做好本份，務求超額完成，凡事把大眾福祉凌駕於個人利益之上。當時機成熟，自然會有更大的機會、更重要的任務交託給你。至於你應該怎樣選擇，是否願意接受新的挑戰，那就要看看自己有沒有被呼召的感動。相反地，當你以為自己心思縝密、機關算盡，卻往往聰明反被聰明誤，到頭來一無所有。

友人離開後，我不禁想起國學大師王國維先生在《人間詞話》中提出「古今之成大事業、大學問者，必經過三種之境界」，他引用了三名古人的詩詞形容這三種境界。

第一種境界是「昨夜西風凋碧樹，獨上高樓，望盡天涯路」：意思是指有遠大志向的人站得高望得遠，但成就大事的路是孤獨的，只有經得起磨煉，才具備成大事的資格。

第二種境界是「衣帶漸寬終不悔，為伊消得人憔悴」：是指為了堅持這個信念和目標，縱是歷盡艱辛亦始終無悔。

第三種境界是「眾裏尋他千百度，驀然回首，那人卻在，燈火闌珊處」：是指你付出了畢生努力去尋找心中理想，原來就好像是「燈火闌珊處」的「那人」，而「那人」可能是近在咫尺，也可能是可遇不可求。

二〇二二年五月十六日

仙福永享　壽與天齊

上週我探望一位已從大學退休的前輩高人。我稱他為高人，因為他的眼光與智慧都值得我終生學習。他的書房放滿了金庸先生的小說，不禁令我想起兒時拿着《天龍八部》、《倚天屠龍記》等名著挑燈夜讀的光景。每次讀到《天龍八部》喬峰誤殺了他至愛的阿朱姑娘，那幕痛不欲生的情景，我的眼圈便紅了！在我心目中，喬峰是一名頂天立地的漢子。我好奇追問前輩最喜愛的男主角，他便笑着回答：「當然是韋小寶啦！」前輩尤其喜歡韋小寶與神龍教的故事。

話說《鹿鼎記》中的神龍教，是被清朝定性為圖謀顛覆朝廷的邪教。教主洪安通雖是武功蓋世，但為人多疑，對那些幫他打天下的忠臣諸多猜忌，更以毒藥「豹胎易筋丸」箝制他們的思想言行。他喜歡別人阿諛奉承，「仙福永享，壽與天齊」便是那些為了討好他的口號。而那些老臣子為了保命，不得不歌功頌德，表面上是上下一心支持洪教主，內裏卻是明爭暗鬥、各懷鬼胎。

韋小寶本是不學無術的小流氓，一生卻夾在摯友康熙皇帝及恩師天地會總舵主陳近南兩難當中，康熙逼他剿滅亂黨，而陳近南卻要他反清復明。康熙派遣他剿滅神龍教，無疑是自殺任務。但機靈的韋小寶卻看透了洪教主的弱點，令他眾叛親離，不但慘死於神龍島，還贏取了教主夫人的芳心。

雖然這只是虛構故事，但「失民心者失天下」的道理卻是千古不變，縱有蓋世武功也不表示能夠贏得天下。洪教主漠視神龍教處於水深火熱當中，親小人遠賢臣，最終賠上了自己創辦的一番事業。韋小寶出身寒微，從不重視個人榮辱，所以他懂得善用比他更強的人去完成近乎不可能的任務。表面上韋小寶是個唯利是圖的市井無賴，但他從不出賣對康熙的友情及對陳近南的師徒之情。當他發覺情義兩難存，便毅然放棄了「韋爵爺」的榮華富貴或天地會「韋香主」的崇高地位，從此消失於官場及江湖。

得高人指點，我才明白韋小寶不但聰明絕頂，還以真誠對待朋友，贏盡上下人心，是一名不起眼的另類領袖。

二〇二二年五月二十三日

點滴在心頭

小時候，我的婆婆經常對我説：「你注定是辛苦命，要捱足一世啦！」我不明白，於是經常追問婆婆：「為甚麼我的命不好？怎樣才可以變得好命？」但她總是搖頭嘆息：「萬般皆是命，半點不由人。」

所以我自小就被看低一線，引用今天賽馬術語，就是那些第七班馬兼獨贏賠率二十倍，即是那種不是最差但又不大熱門的普通貨色。例如當年小學班主任經常恐嚇我媽媽，認為我未必能夠順利畢業。父親也有兩手準備，叫我讀書不成便當學徒了吧。

自小經常面對這些負面的嘴臉，其實一點也不好受。長大了，雖然令那些小看自己的人大跌眼鏡，竟然冷馬也會跑出。但每次想起那些年，總不免有「寒天飲冰水，點滴在心頭」的感覺。

所以我樂意分享自己過往無數辛酸挫敗的經驗，因為我相信不少年輕人也有可能面對類似遭遇。要說一聲放棄，把投降的白毛巾擲在擂台終止拳賽似乎太容易了！我寧願叫對手拿出真本事，把我打至無力再爬起來才心服口服。只是那種不服輸的性格每次都再撐起我，繼續捱對手的重拳，直到對手放棄為止。我不知道自己如何形成這種性格，有精神科同事估計我小時候有過度活躍症，所以總是打不死似的。

有人以為這一切都是前塵往事，如今當了醫生、教授、院長就應該變得一帆風順，沒有人再敢欺負我吧。事實並非如此，因為永遠都有人比你高、比你強，現實世界總是你的宿敵，它不會讓你像童話世界般從此過着幸福快活的日子。

我為自己沒有機會享受順風順水的日子而感恩，因為好日子只是一種假象，它會不知不覺間消磨你的意志，令你以為幸福是理所當然，然後當你一不留神便奪去你的所有。

不是嗎？當我們在這片「福地」繁榮安定過了數十載，便忽然出現一個又一個前所未有的挑戰，把我們殺個措手不及。

我還是選擇留在這個擂台上，面對比我更強的對手。當然，除了不停地捱重拳外，有些時候也需要學習「難得糊塗」、「劉姥姥活在當下的大智慧」及「小寶神功」，只要初心不變，我深信機會總是留給那些不認命、繼續沉着應戰的人。

二〇二二年六月十三日

不容然後見君子

上星期辦公室裝修，偶然找到多年前何文匯老師送給我的書法：「不容然後見君子，兼善還須恕小人。」當年我上任院長不久，何老師便以這十四字箴言作為勸勉。想不到事隔多年再回味何老師的教誨，別有一番滋味在心頭。

首句源於《史記·孔子世家》及《孔子家語·在厄》，是孔子與他幾個學生的對話。

孔子的崇高學說並未受到當時爾虞我詐、弱肉強食的春秋時代所接受。有一次，孔子問他的幾個學生為何世人不接納他的理念。第一個學生子路回答說：「想必是我們的仁德及智慧還不夠，人家才不按照我們的主張去做。」子路是追隨孔子最長久的學生，孔子對他的評價是性格剛直但缺乏才能。從他與孔子以上的對話反映這類人對自己的理想缺乏自信，遇到挑戰便質疑自己的想法和輕易退縮。

第二個學生子貢說：「因為老師的主張太曲高和寡，所以不為世人所容。老師何不降低一點點要求呢？」其實子貢亦是孔子的得意門生，他能言善辯，曾任魯、衛兩國之相國。用現今術語，子貢是個「世界仔」，懂得走位及迎合上司的喜惡，這類人可能上位快，但未必得到別人的認同。

孔子的第三個學生顏回卻有不同的想法，他說：「因為老師有遠大的理想，所以才不被世人所容納。雖然如此，老師還是要堅持，不被容納又何妨？不為人所容納才見到誰是君子。」顏回是孔子最得意的弟子，位居孔門第一位。他家境貧困，但能安份守己，為人聰敏好學。

在現實世界裏，懷才不遇十分普遍，愈有能力卻愈容易招人妒忌。有學識及修養的人不會因為不受重用而感到沮喪；反而會不斷充實自己，擇善固執但又不與小人計較，我想這就是何老師下一句箴言「兼善還須恕小人」的意思。

我借何文滙老師這兩句話勉勵有理想的年輕人耐心等待機會，因為成功只會留給準備十足又不輕言放棄的人。

二〇二二年七月十一日

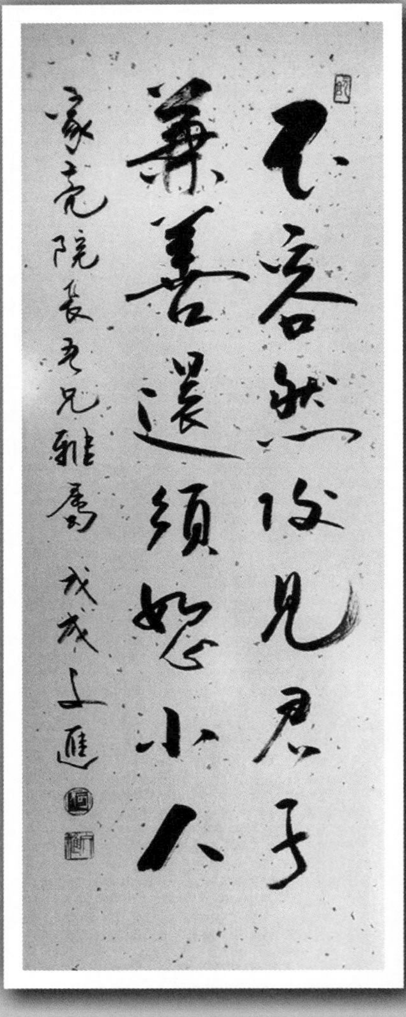

何文匯老師親筆題字

兼善還須恕小人

大約三個月前，我以何文匯老師送給我的書法「不容然後見君子，兼善還須恕小人」為題材，寫了一篇「院長醫生週記」。「不容然後見君子」這首句話的內容是出於《史記．孔子世家》及《孔子家語．在厄》，是有關孔子與他的一位學生名叫顏回的一番對話。意思是指孔子雖有遠大理想卻不被世人容納，但顏回認為老師仍是要堅持，正因不為人所容納才見到誰是君子。

可是我當時並不十分了解書法第二句的意思：何謂「兼善還須恕小人」？於是我便大膽地嘗試解釋這句話，以為它的意思是指擇善固執但又不與小人計較。

直到上星期，我忽然收到何文匯老師的短訊，指出我對於「兼善還須恕小人」這句話的誤解並作出指正。我藉此機會感激何老師的教導，並一字不漏地轉載老師的解說如下：

唯獨「兼善」須稍作解說。「兼善」見於《孟子．盡心上》：「窮則獨善其身，達則兼善天下。」語譯為：「困窮時就只能做有益於一己的事，通達時就同時做有益於天下的事。」所以「兼善」是領導者一定要做的。既然要兼善，那麼以前不容納你的人，甚至阻撓過、傷害過你的人，都要寬恕了，所謂「大人有大量」也。

醫學培訓着重專業訓練，但慶幸當年能於香港中文大學接受教育，雖然自問中文基礎薄弱，但多年來得蒙中大前輩教導，今後將繼續秉持「博學於文，約之以禮」，努力終身學習。

二〇二二年十月二十五日

溫柔的夜

「夜，像一張溫柔的氈子，溫柔地向我覆蓋。」我喜歡引用三毛這句話，給自己一個無心睡眠的藉口。

從高中開始我已變成了一隻貓頭鷹，當年是因為學業而挑燈夜讀。後來入了中大醫學院，住在崇基學院山邊宿舍的一個角落，夜深從我房間散發出的一點點燈光，給我添上了「崇基燈塔」的外號。

當了醫生後，on call 36 小時的生涯本應令自己多些爭取晚上休息時間，可是多年來的壞習慣已不能夠也不願意改變，縱使日間工作忙得喘不過氣，晚上又有一連串應酬或視像會議，我還是喜愛享受溫柔寧靜的深夜。

除了狂風暴雨的日子，每晚凌晨時分我必定與鄰居好友外出散步約兩個小時。我住在郊區，夏日雖然炎熱，但深夜卻是夜涼如水。不知不覺間我發現大自然晚上的一些秘密，原來夜空中最閃亮的那一顆星星不是北斗星而是木星；原來月亮不是每晚都會掛在天上，有些日子它總是留在水平線下；原來牛蛙的叫聲與它的體形並不成比例，原來……

我覺得充足休息並不等同每天有八小時睡眠，而是讓心靈有換氣的空間，暫且把煩惱放下，向那些沒完沒了的人和事説聲 leave me alone，而寧靜的深夜便成為我的心靈加油站，給我堅韌的動力繼續去打激烈的硬仗。

「我喜歡你是堅韌的，激烈又沉靜。自由不羈與謙遜同行。」終有一天，我也希望可以走遍萬水千山，尋回失落多年的情懷。

寫於二〇二一年八月六日凌晨四時

直到世界的盡頭

農曆新年，我沒有趁着假期跑到外地旅遊，閒來無事，便到戲院看電影，偶爾發現一齣二十多年前我深愛的日本漫畫竟然搬上大銀幕。原本我只是抱着重拾當年回憶的心態去觀賞這齣電影，事隔多年，這名漫畫家竟然令我喜出望外，因為電影裏包含着很多值得令人反思的道理。

表面上這作品是描述一班熱血的高中籃球運動員的故事，但作者並沒有仿效那些「主角總是所向無敵，奮鬥必定得到最後勝利」的老套橋段。整齣電影的主線並不是放在兩個熟悉的主角身上，反而作者花了許多筆墨去勾畫一個從不起眼的後衛。他個子矮小，既沒有俊俏的外表，也不是天才橫溢。在眾人眼中，他根本沒有出頭機會，套用現代術語，他就是徹底地輸在起跑線上。然而他從不放棄要成為一流後衛的夢想，面對比自己更高更強的對手卻激發他無比的奮鬥心。

在現實世界裏，也許大多數人都像這個既平凡又不起眼的籃球員。當然，甘於平淡是一種福氣，但今天不少人卻終日埋怨，為甚麼上天對他不公平、社會又不給予他機會？反觀身邊的成功例子，究竟有多少是靠天才、父蔭或運氣呢？原來絕大多數成功例子都是靠平凡人努力不懈而成就的。

那麼是否攀上了所謂第一名便叫成功？我相信世上「一山還有一山高」，縱使我們窮一生努力也未必可以成為「宇宙最強」。在這齣電影裏，他們雖然贏了分組比賽出線，但始終未能稱霸全國。

這個不完美的結局是遺憾嗎？人生有如一場球賽，而我們最強的對手其實是自己，要克服自己的弱點、戰勝心魔殊不簡單。曾經有人如此描述：「在這電影裏，每一次絕地反擊，依靠的不是誇張的猛虎式射門，不是小宇宙爆發，而是在現實中也能看到的團結、勇氣與不屈。」有一句電影對白我十分認同：「現在放棄的話，比賽就結束了。」我深信最後勝利是留給那些不怕失敗、在哪裏跌倒便在哪裏爬起來的人。

我很喜歡以下的歌詞：「去到世界最遠處亦毋懼　仍要堅守意志面對直至山崩雪塌於水　越過深山　也未覺累……」

如果我們只停留在遺憾或者幻想裏，那麼一生就只能充斥着悔恨。

二〇二三年一月三十日

星空伴我心

我喜愛香港的秋天，因為天空萬里無雲，白天蔚藍一片，晚上繁星點點。自少我便愛上了深秋的夜空，閃閃星辰陪伴我度過無數挑燈夜讀的晚上。

還記得一九九〇年一個深秋的晚上，幾個朋友乘坐我的「錢七」前往大澳門乘涼。過了五塊田後的一段清水灣道沒有路燈，沿途漆黑一片。到了大澳門後，關掉了車頭燈，只覺四野無人，伸手不見五指。下車後竟然發覺月色把我的錢七照得像鍍了一道銀膜似的，周邊的草地有如銀光閃閃，那一刻我真正地體會到甚麼是「水銀瀉地」，我們四個年輕小伙子還興奮地爬上車頂，在銀色的月光下裝作展翅高飛。

自此我便與夜空結下了不解之緣，長大後也選擇住在郊區與星夜共眠。可惜隨着郊區城市化，燈光污染不斷地蠶食本是漆黑的夜空，我惟有等待至深宵才外出尋找我至愛的星夜。

深秋的夜空很令人陶醉，雖然我沒有天文望遠鏡，但憑肉眼也能夠清楚分辨好一些星宿。我特別喜愛「獵户座」以及其周邊的恒星，因為獵户座擁有一顆淡紅色（Betelgeuse）和一顆冷藍色（Rigel）的星星，分別位於獵户座「腰帶」的左右兩旁。而這兩顆星星附近還有更大更紅的火星（Mars）及更光更藍的天狼星（Sirius）。想不到夜空原來如此色彩斑斕、星外有星。

凝望着無邊的秋夜，不禁讓我想起多首兒時喜愛的歌曲：「在那金色沙灘上，灑遍銀白月光；尋找往事蹤影，往事蹤影迷茫……」「草影風聲總破滅寂夜靜，不禁閉眼過去到目前，早該分清幾許光陰不似箭，惟有再放下困惑冀待變……」「天上的星星，為何像人群一般的擁擠呢，地上的人們，為何又像星星一樣的疏遠……」

我喜愛寧靜的星空，無論是大大小小或是不同顏色的星宿也能共融於無盡的夜空。縱是光芒四射，也總有消失的一天。閃閃星夜彷彿冷笑着世人的愚昧，究竟有甚麼值得去爭拗和誇口？

今晚又是一個寧靜得無心睡眠的星夜。

二〇二二年十一月二十一日

一起走過的歲月

我成長的歲月沒有互聯網，夜闌人靜，除了漆黑的星空，當年就只有電台ＤＪ及他們播放的歌曲陪伴我度過一個又一個的晚上。

八十年代是ＤＪ及創作歌手的全盛時期，還記得我上課時偷偷地帶着Walkman聽「青春交響曲」、黃昏在回家路上有「黃金的旋律」，入夜後「月光光四人幫」是化解沉悶功課的良藥，而「輕談淺唱不夜天」便如有愛相隨，哪怕不眠不休地去追。「靜靜良宵琴弦飄 我獨陪伴你到天曉 樂韻輕輕陪伴你長夜過 今晚只得你共我……」

既不是世家子弟，又沒有名校栽培，我的語文能力全賴聽歌，日積月累一點一滴地學回來。不得不讚歎當年的中外名曲，不單旋律優美，歌詞更觸動了無數少年十五二十時的情懷。

有些詞寫得情景交融：「……路望盡放眼四顧風景往後退　分不清細雨掛瑩淚」；有些詞能動人心弦：「……有時激情捉嘛手裏面會化為灰燼　反而藏喺心底可以歷久常新」；而有些詞卻是年少輕狂：「……莫問豪情似癡　今天醉倒狂笑易　夜盡露曙光　甦醒何妨從頭開始」。在那些青蔥歲月，就是這些歌曲陪伴着我成長，去嚐盡現實中每一點的甜酸苦辣。

不少人認為那些日子是香港的黃金歲月，到處都是機會。我相信每個年代都有它獨特的挑戰，不會某些時代的機會特別多或少。只是我自少便認識到現實世界可以有多殘酷冷漠，於是學會了把天上星星當作被褥，把地上大石當作枕頭，苦澀的時候憑歌寄意，以平常心走過那些歲月。

二〇二二年十二月五日

印記

疫情下的點滴

難為了長者

上星期在醫院的管理層會議中，得悉威院一些同事自願到某老人中心為一群高危長者檢測新冠肺炎病毒。幸得這班有心同事的服務，及早找出確診了的數名長者，避免了另一場院舍爆發，減少人命傷亡，為此我向這班同事衷心致敬。

其實同事的這些行動確實冒着很大風險，因為院舍有別於檢測中心，沒有完善的通風系統，抽取鼻咽或深喉唾液樣本過程增加了傳播病毒的風險。所以醫護人員必須接受專業訓練及穿上全副裝備，才可以為院舍長者檢測。

事實上，不少長者沒有能力自行到政府的指定中心接受檢測，衞生署也沒有足夠人手到過千間院舍為長者抽取鼻咽樣本，這些老人家變成了被遺忘了的群組。雖然社署為護老院職員提供檢測，但這並非上上之策。早兩天醫管局才公佈資料顯示，八十歲以上染疫的死亡率近兩成七，年逾九十歲者死亡率更高達三成四。因此長者是在疫情下最應接受病毒檢測的人士，特別是住在院舍的一群。我們最不想見到的情景，是像歐洲國家早前有大量老人家因染疫最後在老人院過身。

這個問題真的沒有解決方法嗎？其實收集院舍長者的糞便樣本相對抽取鼻咽樣本簡單及安全得多，並不需要醫護人員勞師動眾、全副武裝走訪全港九新界院舍，職員或家人只需要把長者的小量糞便放進樣本瓶，然後送到指定的收集處便可。可惜這套為長者的檢測方案並沒有被廣泛採用……

中大醫學院團隊的科研已確認，相較鼻咽樣本，糞便可媲美、甚至是更有效的新冠病毒檢測工具，結果已發表於國際醫學期刊，就連美國食物及藥品管理局亦向我們取經，希望為他們的國民制訂以龔便檢測新冠病毒的方案。

長者辛勞大半生，到了晚年，理應得到社會的回饋、照顧和保護。新冠疫情下，很多資源和人手都不夠，但我們就更應思考甚麼是最迫切、最重要。老吾老以及人之老，希望我們的長者不會只在有志願人士出現，或在社會資源人手有空間的情況下，才獲得他們必須及應該優先得到的病毒檢測。

現今政府正致力普及檢測，希望找出隱形帶病毒人士，杜絕社區傳播鏈。要實現這目標，除了社會要上下一心，我們還需要與時並進的策略，善用得來不易的科研成果去提升大眾市民的健康。

二〇二〇年九月十四日

最怕萬一

「院長，記得穿短袖 T-shirt，方便打針！」大清早我的秘書已經 WhatsApp 提醒我，今天是接種新冠疫苗的「大日子」。

苦苦等待了一年多，終於有機會接種疫苗了。科技發展一日千里，以往需要長年累月才能研發的疫苗，現今只花了不足一年，便可以提供給大眾使用。

一大清早我便到了中文大學醫院辦理登記手續。其實中大醫院的疫苗接種中心明天才正式啟用，但事前我們必須做好一切準備功夫，確保運作暢順。所以我便毛遂自薦，成為首批志願者。

當日醫院上下嚴陣以待，從登記至離開醫院，一切運作流暢。還記得打針那刻，很多同事抱着好奇的心態圍着我，看我會否出現異常反應。過了一會兒，那名為我接種的護士說：「你可以離開啦！」原來身邊的同事不停地跟我聊天，連打了針我也沒為意。進入觀察室，那處整齊地排了數十張座椅，每隔一段時間便有醫護人員問我：「你還可以嗎？有沒有覺得異常？」人真的很奇怪，小心翼翼固然是好，但過分小心反容易引起接種人士不必要的焦慮，或會杯弓蛇影，要做到恰到好處一點也不容易。

返到威爾斯醫院辦公室後，我的秘書及一眾行政人員均以好奇及關心的目光望着我。「你有否感到不適？」「需要取消今天的會議嗎？」「要回家休息嗎？」我總是笑着搖頭：「多謝關心！不用了！」

當我反問他們：「預約了打針嗎？」結果很多辦公室同事都是這樣說：「這個嗎……還是觀察形勢再作打算……」

正在整理堆積如山的文件之際，我的秘書靜悄悄地問我：「我的媽媽是長期病患者，但每天都有接種疫苗後的嚴重個案，我不敢打針，又怕讓老媽承受風險，我應怎麼辦？」

我明白她的擔憂，便解釋說：「讓我作個譬喻，你接種疫苗後出現嚴重副作用的幾率有如中六合彩頭獎，那麼你母親的幾率便是中二獎。雖然中二獎比中頭獎的幾率高很多，但究竟有多少人會中二獎呢？所以真實的風險實在非常之低。我明白『唔怕一萬，最怕萬一』的心理。沒有專家可以保證接種疫苗必定沒有風險，但你又可以保證自己及家人一定不會受感染嗎？萬一染上新冠病毒，有誰可以保證你一定復元無恙？你的媽媽年紀大又多病，感染新冠病毒的後果不堪設想。如果你相信受感染及其併發症的風險遠遠超過接種疫苗的風險，那麼我覺得你及家人應該認真考慮接種疫苗吧。」

她帶着一臉疑惑離開。我明白她內心的疑慮及恐懼，這種心態是人之常情，無論有多少數據或「專家」解說也起不了甚麼作用，就讓她尋找令自己心安理得的選擇吧。

二〇二一年三月十五日

我在隔離的日子

執筆當日，我正在本地酒店隔離第十八天，再過三個晝夜便「放監」了！活了數十載，這是第一次經歷失去自由的感受。

以往過着自由的日子，從沒有想過在禁室過活的滋味。因為我定期巡查監囚，所以略知監囚與隔離有所不同。前者每天都有機會到室外活動，後者卻嚴禁踏出房間半步。原來當自己被剝奪自由後，才能真正體會自由的可貴。不難想像那些長年累月、甚至終身失去自由的人的感受，這代價實在太大了！

在這段日子，其中一個陷阱就是日吃夜喝、缺乏運動。酒店每天提供三餐之外，亦可以隨便叫外賣。二十一天如是，很容易便令中央肥胖的問題更嚴重。所以我跟從長輩的教訓，堅持「七分飽」的原則，還會每日最少花上半小時運動，包括 sit up 及舉啞鈴。在此我想藉機會，特別鳴謝運送沉重啞鈴到酒店給我的好友。

我是一個電影迷。在這段日子，看了幾十套中外新舊電影。電影可以帶我進入幻想世界，我自小喜愛發白日夢，而一齣好的電影能夠引發我進入意想不到的想像空間。我相信不少人都喜愛發白日夢，只是要把夢想變成現實卻需要能人所不能的堅持和毅力，所以我惟有自我安慰，告訴自己這段禁閉的日子是磨煉 EQ（emotional quotient）的好機會。

在隔離期間，我總喜歡日夜都打開窗簾，望着對面的高樓大廈。我不擔心私隱問題，因為每天在禁室過着刻板生活的人是沒有吸引力的。望着外面的天空，由黎明到中午、由中午到夕陽、由夕陽到萬家燈火、由萬家燈火到渺無人煙的深夜、由深夜又到黎明，我漸漸體會到時間原來正不斷地流走。光陰是一件不能抵擋的武器，它不知不覺間蠶食我們的健康、甚至奪去我們所愛所珍惜的一切。究竟我們要怎樣過生活？怎樣去過每一天才算不枉此生？

二十一天隔離日子絕對不容易過，當大家要選擇（或被選擇）這條路的話，希望能好好善用這段日子，體驗一些平日沒有機會經歷的生活。

二〇二一年十一月二十二日

這幾個星期除了忙碌地工作外，還收到百多個來自海外的短訊。幾乎所有海外的朋友都以為香港將快陸沉，表達深切哀悼及親切慰問的短訊、WhatsApp及電郵，簡直就是應接不暇。

每當我讀了這些短訊，內心總是憤憤不平。為甚麼遠在歐美的外籍朋友，竟然為香港今日所面對的疫情而感到憂心？我告訴他們雖然香港每天新增過萬市民染疫，但染疫人數與人口比例還是比很多國家低，何故他們覺得香港人心惶惶？原來他們從當地傳媒得到有關香港疫情的資訊都十分驚嚇，經我多番解釋後，才開始明白我們的疫情絕對不會比他們的地方差。只是不同的政策、不同的文化背景，帶出非常不一樣的社會生態。我們嚴陣以待，他們卻生活如常。疫情雖是全球大流行，但不同地方的人抱着不同的心態面對這挑戰。

回顧香港過去兩年，無論實施與眾不同的政策，無論日子如何艱難，我們廣大市民都是默默承受。既沒有逃亡潮，也沒有大型示威。這並不代表我們是順民，而是經歷過 SARS 一役，我們始終相信這個地方的醫療體系和醫護的專業精神，我們不會輕易放棄老弱及幼童的健康去換取個人享樂。相信當疫情過後，我們回望每個香港人為這地方曾經付出過的努力，都會感到自豪。

二〇二二年二月二十八日

「院長，對不起！我不能回來，女兒中了！」「Francis，我中了兩條紅線！」每天都接收到這些只有香港人才明白的短訊。一個月前，這些信息駭人聽聞，今天，我們漸漸已經沒有太大感覺，不少人都憂慮下一個可能輪到自己。

醫院內，這病毒威脅着老人及長期病患者的生命，慨嘆不少重症患者沒有接種疫苗。無論是個人執意還是其他種種原因，如今都要付上沉重代價。今天老人院舍只有少數人士還未受感染，與時間競賽的空間愈來愈狹窄了。

在醫院、院舍以外的地方，大部份受感染的人士都是患上輕微徵狀，通常過一個星期左右便會痊癒。對於許多市民，這疫情所造成的恐慌及生活混亂，似乎遠比健康威脅更甚，每天都有搶購糧食、服務癱瘓、公司結業的新聞，是甚麼原因令到我們如此驚惶失措、方寸大亂？反觀日本、韓國等地方，每天有十數萬至數十萬個案，那裏的人民卻生活如常。

還有太多不明白的事情，慢慢地領略自古以來「天災人禍」這個四字詞的箇中奧妙。既然我們沒有能力改變這四字定律，惟有緊守崗位，做好自己的本份，沉默地等待黎明的來臨。

二〇二二年三月七日

第五波下的新常態

大清早返回醫院的內鏡中心，穿上全副盔甲為病人檢查，已是我的新常態。戴着N95口罩加上密封眼罩看外面的世界，總是有種難以形容的疏離感。

脱下盔甲，換過外科口罩便前往專科診所。由於不少病人害怕醫院是高危地方而取消複診，我相信當疫情緩和後，醫院便要處理高峰期積壓下來的大量工作，包括門診、檢測（例如大腸鏡、超聲波）及手術，不知要花上多少年月及人手才能解決嚴重的輪候問題。

有些病情複雜的人士需要定期跟進，他們沒有回來複診的話，我惟有打電話了解他們的近況，盡量提供協助。又有一些長期病病人，因恐懼疫苗的副作用而拒絕接種，但他們卻不去細想一旦受感染後出現併發症有如骨牌效應，一發不可收拾。

亦有病人向我展示「不合適接種疫苗的證明信」，可是很多所謂不合適接種疫苗的原因，我實在不敢苟同！其實高危人士比一般市民更需要疫苗保護，面對這些病人，我竭力向他們解說，同時深深感受到他們的困惑無助，為甚麼甲醫生與乙醫生竟然給他們相反的意見？執筆當日，有一名患有糖尿病及冠心病的老伯向我訴苦說：「唉！陳教授，你有所不知。家庭醫生認為疫苗對我可能有風險，不建議打針；心臟科醫生卻認為我先要接受心導管檢查，才可以接種疫苗……」我聽後便忍不住向他說：「假如我的親人患上同樣的毛病，我會毫不猶豫地力勸他立刻接種疫苗！」

忙了一整天，離開醫院已是晚上八時，忽然想吃餐肉公仔麵，於是跑到附近的超市，可是貨架卻是空空如也，不禁令我想起新聞報道有關烏克蘭國內超市情況。

疫情雖是嚴峻，但扭曲資訊所引發的恐慌似乎比病毒威脅更甚，盼望我們能以冷靜的態度及平常心面對艱難的日子。

二〇二二年三月十四日

懸崖與猛虎

眼前這名同事一向已是瘦骨嶙峋，最近見她面容憔悴、寢食難安，猶如一個「古墓派」的活死人。

「是不是發生了甚麼事？」

「我爸爸早年患上了骨髓增生異常綜合症，在公立醫院化療差不多有十年了，病情一直都維持穩定。自新冠疫苗面世後，我一直都在掙扎應否帶爸爸打針。因為他每個月化療後，白血球和血小板都會下降，抵抗力變得更差，容易受新冠病毒感染。但我又擔心這類血科患者是否適合接種疫苗，始終這疫苗是新的，所以信心不大，萬一出現嚴重不良反應，後果真是不堪設想。」

她接着說：「本想請教主診醫生的意見，可是在公立醫院複診，每次見的醫生都不相同。多次查詢，那些醫生都不置可否。就這樣，那個接種的事兒便一直耽擱下來。」

直到第五波高峰，眼見很多長者染疫後在急症室的絕望情況，她便慌張起來，深怕爸爸會感染新冠病毒。再加上化療期間要經常出入醫院，而化療的日間中心曾有病房助理染疫，更令她驚惶失措。

究竟應否暫停化療，減少爸爸到高危地方？還是應盡快接種疫苗？化療和疫苗有衝突嗎？兩者又要不要相隔一段時間呢？這些問題有如魔咒般日夜在她的腦袋響個不休，於是她再次尋求主診醫生的意見。

「你們可以選擇暫停化療，等待完成兩劑接種之後，再繼續化療。」這是醫生給她第一個建議。

她一聽之下，暗覺不妙，因為爸爸曾嘗試減少化療的劑量，但骨髓很快便出現了壞細胞，於是醫生對他們說：「你們也可以選擇暫時不接種疫苗。」

「我的天！這是甚麼建議？前面是懸崖，後面是猛虎，衝前或退後都是絕路，我沒有醫學知識，你教我如何選擇？父親已經九十歲了，我真的不想他老人家要冒上甚麼風險……」說到這裏，她雙眼通紅，聲線已變得沙啞。

看着這名絕望的同事，我真的感到無限唏噓。不少長期病患對接種新冠疫苗仍帶着很多誤解或疑問，嘗試尋求專業意見，可惜得到的回覆卻未必可以釋除他們的疑慮。

我掌握她父親的情況後，便告訴她說：「妳爸爸這類病人接種新冠疫苗是安全的，同時也可繼續化療，兩者沒有牴觸，根本毋須兩選其一。正因為他是高危群組，在這疫情下更應盡快得到疫苗的保護。」

疫情下，每個家庭都有各自的故事，每個人各有說不出的難處，而照顧者的壓力更是臨近爆煲。盼望我們能夠設身處地，與患者及家人一起走出這個死蔭的幽谷。

二〇二二年三月二十一日

比新冠更可怕？

「Francis，我的爸爸剛剛中了新冠，但我不打算申報了……」這是一名朋友的來電。

她與雙親同住，兩個老人家已年近九十，父親有長期病，母親患上腦退化，多年來這名朋友要獨力挑起照顧雙親的擔子。

自疫情爆發以來，她一家三口都逆來順受。當有疫苗供應的初期，很多醫生既不鼓勵也不願意為其雙親接種疫苗，恐怕他們會出現嚴重副作用。後來發覺長者患上新冠及其併發症的風險高，於是便催促他們及早接種疫苗。雖然兩老已經打了三針，但是他們仍甚少外出。

前幾天她的爸爸出現發燒及喉嚨痛，快速測試的結果是陽性，幸好她本人及媽媽仍是陰性。「我應該通知有關部門嗎？我應該帶爸爸到公院求診嗎？」這些問題不斷地在她的腦海盤旋。她向我訴苦說：「若然申報爸爸患上新冠或帶他到急症室，很大機會要被關在醫院，家人不能陪伴或探望，聽聞過往有不少從此陰陽相隔的例子，實在令人心酸。」

她繼續說：「申報後的另一個後果是家人亦會被列為緊密接觸者，究竟是留在家中接受觀察或被送到其他隔離中心也是肉隨砧板上，萬一患上腦退化的媽媽出現病徵而要被送到醫院，後果更不堪設想。我嘗試致電有關部門查詢，但沒有人能夠給我一個清晰的答案，總是說甚麼按情況而定，申報後自然有職員與你們聯絡。」

「Francis，為甚麼我們的社會變得如此？為何我們這些小市民要受到如此對待？新加坡衛生局說明容許兩名家人探望住院的新冠病人，而醫院亦可以讓不多於五名親人探望情況危殆的患者。為甚麼我們患病卻有如被分派到『集中營』？為甚麼我們這些合作的小市民繼續過着如此不公平的生活？為甚麼我們總是要為着那些少數不合作的人付上沉重的代價？為甚麼其他國家的人民可以過正常生活而醫療系統沒有崩潰？你不是說香港的醫療很高質素的嗎？」

「我不打算申報了！在家中『攬炒』總好過被送入『集中營』……」

說到這裏，我的朋友愈來愈激動，泣不成聲。我深深感受到她那份惶恐無助的心情。疫情就快過了三年，也許新冠病毒是可怕，但在大眾市民心目中，究竟甚麼比新冠更可怕？

二〇二二年九月五日

如夢初醒

望穿秋水，「○＋三」新政策終於出爐了！回想過去兩年多香港與外界隔絕的日子，真是百般滋味在心頭。

去年十一月我從英國回港後被困在酒店二十一天，那些日子依然歷歷在目。周潤發在《監獄風雲》裏，每天仍有機會定時跑到球場上感受陽光溫暖、呼吸清新空氣及舒展筋骨。但在酒店隔離的日子，就連踏出房門一步也是干犯法例，違者會被檢控及送往隔離營。正所謂「食得鹹魚抵得渴」，為着防疫及公共衛生是無可厚非，但是如何做到恰到好處卻需要莫大智慧。還記得那名南亞裔人士引發葵涌邨大型爆發的事件嗎？其實她並沒有把病毒從外地帶回香港，而是在隔離二十一天的末段日子被其他酒店住客傳染後，再把病毒傳到社區。假若當時的檢疫安排有所不同的話……

如今「〇＋三」對於有需要到外地探親、海外公幹及渴望外遊的香港人確實是如釋重負。以我為例，十一、十二月將會馬不停蹄，應邀出席多個國際醫學會議。雖然視像會議可以減省不少舟車勞頓之苦，但單靠虛擬影像是不能建立人際關係，國際網絡對於保持香港醫學領導地位是不可缺少的。

認識多年的外國朋友亦向我道賀，因為大家終於有機會可以再次聚首。事實上，不少外國的研究伙伴一直都很希望到香港會面磋商合作細節，但因為入境的檢疫限制令他們卻步。他們固然不明白為何香港要遲遲才放寬防疫條例，就是連我自己有時候也要向專家請教箇中玄機。

不少同事問我：「你在外國的日子仍會戴上口罩嗎？你不怕在外地會受感染嗎？」我打算離港前一個月接種第四劑疫苗，希望減低到外國出差時受感染的風險。生活在香港，我固然會遵守本地的防疫規例。到了外國，本着入鄉隨俗的精神，我會跟隨當地的法例及生活模式。

能夠放眼世界是一種福氣，我願意為自己的選擇及決定付上代價。長期困在一個人煙稠密的彈丸之地容易發生爭拗，能夠暫且遠離紛爭，再次衝上雲霄，我會好好珍惜這些心靈加油站。

往事如煙，彷彿如夢初醒，到頭來一切都會成為歷史……

二〇二二年十月三日

我在黃碼的日子

星期四從日本回港，為了避免在辦理防疫手續上出現失誤，秘書早已再三叮囑我要下載衞生署的申報表格、返港前二十四小時內做快速測試、上載結果及有關個人資料等。「陳院長，完成以上步驟後還要緊記 screen cap（熒幕截圖）那個綠色的二維碼，否則你在機場 check-in 會出現很大阻滯或甚至不能登機啊！」我慶幸有得力的秘書事事提點，同時亦可以想像這些額外手續，對一般市民所帶來的種種不便。

抵港後的核酸檢測程序十分順暢，「test and go」新策略的確是近年少見的「重大進步」，在香港機場基本上沒有滯留的情況，十分鐘內順利通過檢測站。回想去年於疫情「恐慌期」採用「test and hold」的政策，我抵港後在機場滯留了三個多小時等待核酸測試結果，然後被「護送」到酒店隔離三個星期，這兩種經歷簡直是天堂與地獄的分別。

執筆當日正是我被識別為「黃碼人」的第一天，本來約了的飯局全數要取消。趁着風和日麗的日子，我跑到大美督船灣淡水湖的堤壩上吃杯麵當作午餐，相比內地不少地區仍需要被圍封的居民來說，黃碼已是「寬鬆措施」。當然，對於那些隨我從日本到香港參加國際醫學會議的學者來說，他們卻覺得諸多不便，甚至頗為厭煩。因為他們從科學角度分析，找不出令人信服的理據去支持本港獨有的防疫政策，他們還不斷地把香港與其他亞洲地區比較。為了避免捲入不必要的爭拗，我惟有學習「沉默是金」的智慧。

曾幾何時，我為着自己是香港人而感到自豪，亦因此惹來不少艷羨目光。雖然我仍然覺得這個生於斯長於斯的地方有其吸引之處，可是這份心態只有自己懂得欣賞，要海外人士重新相信香港是東方之珠、國際大都會，卻不知要花上多少日子。我相信當年香港的成功故事，主要是建基於獅子山下的奮鬥精神。今天眼見一個又一個離鄉別井的例子，也慨嘆不少人依然「自我感覺良好」，滿以為有大靠山，前景必定一片美好，但世界正不斷地高速發展和進步，成功並非理所當然。

現在已是夜深，還是早點就寢，明天還要做「黃碼（皇馬）領隊」，帶同我的海外朋友到指定的核酸檢測中心再做測試。

二〇二二年十一月十四日

困在香港一段漫長日子，終於可以一飛沖天，跑到日本重新建立科研合作的機會。中大醫學院的腸胃科團隊與日本多所大學、國家研究所，以及醫療科技研發公司已有三十多年的合作歷史，他們的工作態度及誠信都十分值得我們學習。

我的第一站是出席名古屋大學舉辦的「環球醫學精英聯盟」，有七所來自世界各地的醫學院參加。這個聯盟自二〇一七年由香港中文大學醫學院成立，過去五年我們成功創立了多個科研及教育項目，栽培了過百位人才，並爭取了多個跨國研究經費。五年來的心血總算沒有白費，這些有目共睹的成績亦進一步確立了香港在帶領醫學創新的國際地立。

執筆的這天是星期日，亦是我的第二站。難得神户大學副校長犧牲家庭時間，帶我參觀屬於他們大學的科技園。跟香港科學園相類似，就是兩個地方都是背山面海。但最令我嘆為觀止的，就是他們在科研上的軟實力，眼前這位副校長已是三間創科公司的董事會主席。其中一個二萬多呎實驗室的研究項目是把二氧化碳轉化成各樣可循環再用的材料，而他們亦盼望可以利用我們團隊在香港研發的細菌新品種去製造工業級別的產品。

這幾天會議閒談中，最常談論的問題就是究竟香港變成了甚麼樣子？三年的疫情並不是一個短日子，他們眼中的香港已經變了天。我把我看在眼裏的人與事告訴這些海外的朋友，但無論我怎樣解釋，他們總是帶有保留的態度。原來幾十年辛苦建立的形象可以頃刻消失，要重建實在需要很大的決心去艱苦經營。

往後數天我還要拜訪多間國家級的研究所及大企業。其實世界真是很大，還有太多值得虛心學習的地方。盼望我們不要繼續坐井觀天、自我陶醉。要懂得逆境自強、不卑不亢，為香港打造更美好的將來。

二〇二二年十一月七日

虎年運程

小時候，每逢大除夕晚上，我都要陪伴媽媽到黃大仙祠求籤。由於那些解籤大師生意滔滔，我們經常要等候至夜深才能得到高人指點迷津。還是小孩子的我，往往感到又苦悶又睏倦，既不懂得那些大師的玄機，更不明白為甚麼媽媽每年總是問着相同的問題，而每次大師都是很玄妙地告訴媽媽她原來是女人。久而久之，我逐漸領悟這門深奧的學問，今年就讓我模仿大師的口脗推測來年虎年運程。

【問健康】

全球疫情繼續擴大，對市民構成威脅，尤其是長者及長期病患者。雖然這病毒短期內未必會消失，不過殺傷力將會隨着時間而減弱。處於這過渡期，接種疫苗仍是最有效預防染病的方法，請大家不要再猶豫。

中年人士特別要留意常見的癌病，包括肺癌、大腸癌、乳癌及子宮頸癌。不要因為疫情而疏忽這些可以預防的疾病，定期檢查、勤做運動，必定身體健康、延年益壽。

過去數年小朋友受着一顆「呵護星」入主影響，表面上似是吉星，但當「呵護星」長期當道則容易有反效果，變成「吉中藏凶」。衛生固然重要，但長期生活於極度清潔的環境下會阻礙免疫系統正常發展，預計我們下一代將會出現更多免疫失衡相關的疾病，例如過敏症、一型糖尿病、克隆氏症等。家長必須以平常心化解「呵護星」的負能量。

【問事業】

無論你屬哪個生肖，不管你是寒命、熱命或是平命人，來年工作必定充滿挑戰和壓力，因為有幾顆新的凶星作祟，包括「貿易保護星」及「取消晚市星」。這些凶星容易引發生意下滑及開工不足，導致失業潮。趨吉避凶方法是不斷自我增值，提升知識技術及改善工作態度。縱是世事變幻莫測，亦能化險為夷。

當然，有些行業反因疫情而忙得不可開交，例如醫療便是一個典型例子。於公營醫療工作的人士在虎年因疫情仍會非常忙碌，但付出的努力會見到成果而且得到社會尊重，請大家繼續堅持初心。在私營醫療工作的人士，凡事以病人利益為先，定必事事順利、路路亨通。

【問自身】

過往幾年不論工作、生活或社會環境都出現很大轉變，如何應對這股動勢人人不盡相同。就如氣場強大的「WFH 星」（WFH 即 Work From Home）可以是吉星，保大家平安；也可以是凶星，因為容易令我們缺乏運動、過量飲食及迷失方向。是福是禍，大好還是大壞，非常視乎當事人的修行。經驗告訴我，當覺得諸事不順、前面漆黑一片、看不見出路之際，曙光往往就在街口轉角。只要咬緊牙關、堅持到底，定能柳暗花明、更上層樓。

人生旅途總有起跌上落，與其指望求得「上上籤」或獲吉星高照而沾沾自喜，倒不如自求多福，好好利用逆境去磨煉自己。成功從來沒有僥倖，機會只留給準備十足的人，健康也需要我們努力，一點一滴累積起來。

在此謹祝各位，虎年進步，身體健康！

二〇二二年一月三十一日

送舊迎新

下筆一刻正是大掃除的年廿七，一個好日子掃走不要的東西，以騰出空間去迎接新的事物。打開衣櫃，才發覺自己堆積了多年的舊衣服，例如還是二十五吋腰的喇叭腳牛仔褲、多件顏色鮮艷的大領恤衫，以及孖襟「大關刀」西裝等。忽然覺得時光倒流返回 Sam Hui、劉家昌及尤雅的年代！呆呆地望着這些舊衣服，總是有點兒依依不捨。送舊迎新？究竟有甚麼舊物是我真想掃走？又有甚麼新事物我盼望迎接？

我希望每天打開新聞，不再聽到有關新冠疫情的報道，不再有人因受病毒感染而倒下，不再有市民需要被隔離圍封，也不再勞煩專家東奔西跑。疫情不單威脅個人健康，同時引發了環保問題。單以口罩計，假如香港七百萬人每日只用一個口罩，兩年便用了超過五十億個。放諸全球，更是天文數字；再加上醫療防護裝備和消耗品、即棄餐盒餐具等，地球要承受的廢物真的不敢想像。我明白有些消耗物品無可避免，但我們也可以為環保出一分力，例如減少使用即棄餐具、智慧用水用電、妥善棄置口罩等。始終我們與生態環境息息相關，地球多點綠、天空多點藍，人類一定會更健康。

再次衝上雲霄。過去兩年因為疫情關係，我幾乎完全困在香港。以往因為經常要到海外開會、講學和交流，許多時間都在機艙或酒店度過。現在改以視像形式會面，好處是不用舟車勞頓、「趕頭趕命」，但人與人的交往始終不能以科技取代。Zoom 或可以促進學術交流，但難以隔着熒幕建立友誼。香港人熱愛旅遊，能夠跑到外面接觸不同的風土人情，總會令人豁然開朗，或可以減少一些不必要的摩擦。

慶祝中大醫學院四十週年。轉眼間醫學院已是四十歲了，中大醫學院由馬料水一幅小小荒地，發展至現時一所世界級的教研機構，當中經歷了無數困難和挑戰，實在要感謝很多同事、校友及社會人士的愛護和支持。為了隆重其事，我的團隊早於年多前已着手籌備多項活動，希望以嶄新形式感謝支持我們的朋友，也向社會介紹中大醫學院的未來發展。無論疫情如何轉變，我希望可以為四十年這個重要里程留下深刻美好的回憶。

要早日夢想成真，我相信每人都需要做好自己本份，正如吳楚帆先生的金句：「人人為我，我為人人。」

二〇二二年二月七日

2020 年中大全球首次證實新冠嬰孩患者糞便帶病毒，可成隱形傳播者；並於同年 9 月成立新冠病毒檢測中心，致力為嬰幼兒作糞便檢測。

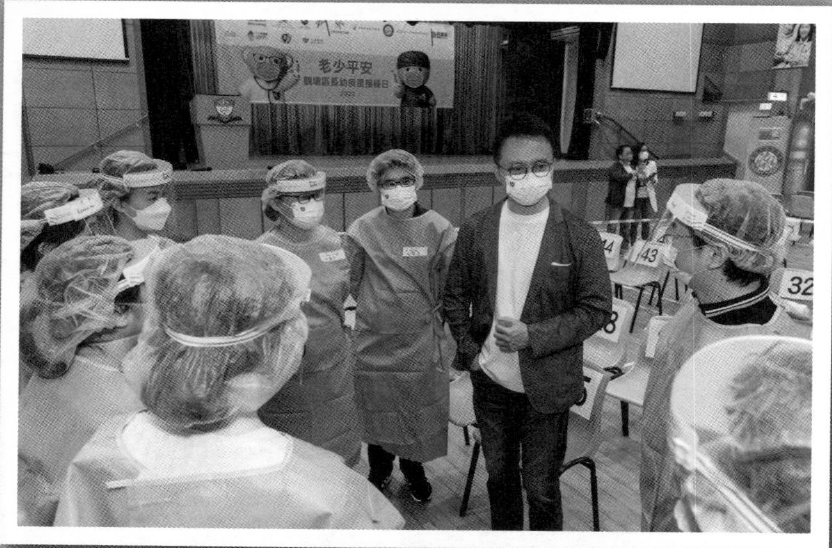

“2022 年中大醫學院師生校友自發到社區開展疫苗接種活動，我到現場為他們打氣。”

“中大醫學院的學生參與政府的「疫苗到户」接種計劃，我到熱線中心為同學打氣。”

天地
www.cosmosbooks.com.hk

書　　名　吾生有杏3——天涯何處覓吾醫？
作　　者　陳家亮
責任編輯　王穎嫻
美術編輯　蔡學彰
出　　版　天地圖書有限公司
香港黃竹坑道46號新興工業大廈11樓（總寫字樓）
電話：2528 3671　傳真：2865 2609
香港灣仔莊士敦道30號地庫（門市部）
電話：2865 0708　傳真：2861 1541
印　　刷　亨泰印刷有限公司
香港柴灣利眾街德景工業大廈10字樓
電話：2896 3687 傳真：2558 1902
發　　行　聯合新零售（香港）有限公司
香港新界荃灣德士古道220-248號荃灣工業中心16樓
電話：2150 2100　傳真：2407 3062
出版日期　2023年7月 初版・香港

ISBN : 978-988-8551-03-3